小学館文庫

からころも

万葉集歌解き譚

篠 綾子

小学館

目次

からころも

万葉集歌解き譚

第一首　からころも

一

助松《すけまつ》は行灯《あんどん》の火を消す前に、その帳面を丁寧に風呂敷から取り出した。

（お父《とっ》つぁん……）

紺色の表紙を見ると、父の厳《いか》つい顔が浮かび上がってくる。

少しおっかなく見える時もあるが、笑うと目じりに皺《しわ》のできる懐かしい父の顔――。

だが、その父は今、助松のそばにはいない。もう一年半もその顔を見ていなかった。

皆、助松の前では口にしないが、父はもう生きていないと思っているらしい。そういうことは、顔色や態度を見ていれば、嫌でも分かってしまう。

（そんなことはない。お父つぁんは必ず生きてる）

その度に、助松は心の中で言い返した。

（お父つぁんが帰って来るまで、おいらは絶対に泣かないんだ）

帳面をつかみ上げると、助松は目を精一杯見開いて、紺色の表紙を睨《にら》みつける。そうやって瞬《まばた》きをこらえていれば、涙が出てこないことは知っていた。

――お父つぁんが帰って来るまで、泣くんじゃないぞ。

そう約束したのだから、決して泣いてはいけない。泣かないで待っていれば、父は必ず帰って来る。助松は自分にそう言い聞かせた。

父の大五郎《だいごろう》がしばらく家を空けると言い出したのは、一年半前の秋の晩のことであった。

「助松。お前ももう十歳《とお》だ。ちょっとくらい一人で平気だな」

そう言って、父は助松の頭を撫《な》でた。

大五郎は日本橋《にほんばし》の伊勢屋《いせや》で働く手代《てだい》である。伊勢屋は油問屋に、薬種問屋を兼ねる大店《おおだな》で、大五郎は薬種問屋で仕事をしていた。

助松の母は、助松を産んですぐに亡くなっており、大五郎は神田《かんだ》の長屋で助松と二人暮らしだった。伊勢屋へはそこから通い奉公をしている。

伊勢屋では毎年、薬の産地として有名な富山へ、手代が数人赴く習いであった。仕入れ先の薬種問屋、丹波屋《たんばや》を訪ね、取り引き内容の確認や見直しなどを行うのである。薬の配合こそ教えてもらえないが、差し支えのない範囲で薬草の栽培や採取、調合の現場を見せてもらえるため、富山行きは手代たちにとって研鑽《けんさん》を積む機会でもあった。

この度、大五郎はその一人に選ばれたのだ。これは、仕事の幅を広げる好機であり、誇らしいことでもあった。これまでは、幼い助松を一人にできないという理由で、人選から外されていたのだという。

そうした事情を父から説明されてしまうと、助松は「行かないで」とは言い出せなくなった。

来年になれば、自分も十一歳である。小僧《こぞう》として奉公に出ておかしくない齢《とし》だ。自分だけ、親と離れ離れになるのが嫌だ、と意地を張るわけにはいかなかった。

「うん、平気だよ」

助松は本心を隠してうなずいた。

「お父つぁんが帰って来るまで、泣くんじゃないぞ」

父は助松の頭に手をのせたまま言う。

その直後、懸命にこらえていたものがあふれそうになったが、助松は歯を食いしばった。本当の自分は泣き虫だ。近所の悪餓鬼たちから、よくそうはやし立てられたし、父が出がけに「泣くな」とわざわざ言い置くのも、そのためだ。

だから、いっそう泣いてはならなかった。

助松は何も言わずに、ただうなずいた。何か言えば、そのまま泣きじゃくってしまいそうだったから。

偉いぞ、と口にする代わり、父は助松の頭をぐりぐり撫でた。

助松はその夜、寝床の中で、声を立てずに泣いた。翌朝、父は助松の顔を見ても、

涙の跡がついていることには触れなかった。ただ、

「お前に、渡しておきたいものがある」

と、少し改まった表情で告げた。

父が差し出したのは、紺色の表紙に表書きのない一冊の帳面であった。

「これは、お父つぁんの大事なもんだ。留守の間はお前に預けておくが、決して失《な》くすんじゃないぞ」

いつになく重々しい調子で言われると、父から一人前扱いされた気がして、助松は一瞬寂しさも忘れた。

「うん。分かった」

帳面をしっかりと手に持ち、大きくうなずき返す。

「いいか。この帳面のことは誰にも言っちゃならない。誰にもだ」

続けて、父は厳しい顔で告げた。

「約束できるか」

「う、うん」

助松は気圧《けお》されたようにうなずいていた。

どうしてそんなことを言うのか、もちろん気にかかりはした。

とはいえ、助松が帳面を預かっているのは、ほんのひと月ほどのことだ。その間だ

け、しっかり守っていればいい。さほど難しいことではないはずだった。

ところが、「しっかりな」と助松の頭に手を置いて、旅立っていった父は、約束のひと月が過ぎても帰らなかった。同行した他の二人が戻ったにもかかわらず、である。

「丹波屋さんの手代と一緒に、薬草採りに山へ入った際、姿が見えなくなっちまったんです」

帰って来た手代は青い顔をして、伊勢屋の主人平右衛門《へいえもん》に報告した。

この時は、事情を説明しに、富山から丹波屋の手代も同行していた。その話によれば、大五郎は山で姿が見えなくなり、山中を捜し回っても見つからず、夜になっても帰って来なかったという。翌日には富山藩の役人にも報告し、人手も割《さ》いてもらって、大掛かりな探索が行われた。が、その五日後、大雨が降ったため、探索は中止。その後も手がかりは見つからなかった。

もはや生きてはいないだろうと言外ににおわせつつ、「この先もうちの店では人手を割いて捜し続けるがで」と、いささか恩着せがましく言い残して、丹波屋の手代は帰って行った。

助松のところへは、伊勢屋平右衛門が自ら知らせにやって来た。

「お父つぁんはしばらく帰って来られないが、お前のことは伊勢屋がちゃんと面倒を見る」

平右衛門は力強い口ぶりでそう言った。さらに、

「一人で長屋暮らしを続けるのもしんどいだろう。お前さえよければ、うちの店の小僧にならないか」

と、続けた。助松と一緒に話を聞いていた長屋の大家は、「これはお前にとって願ったり叶《かな》ったりの話だよ」と言った。確かに、父のいない長屋に一人で暮らすのはつらかった。

伊勢屋には助松より少し年上の小僧もおり、寂しさもまぎれるだろう。仕事は手代たちが一から教えてくれるから、心配要らない――そう言われ、助松も承知した。いや、それ以外に選べる道などなかった。

取りあえず、その年の秋が終わるまで神田の長屋で過ごし、冬の到来と共に伊勢屋へ移ることが決まった。

(伊勢屋へ行ったら、一人きりでいられる時もなくなるかもしれない)

常に誰かと一緒にいるということは、父から渡された紺色の帳面を見られなくなるということだった。昼間は仕事に追われ、寝泊まりするのは相部屋だろう。

今となっては、父の残した紺色の帳面だけが助松に残された手がかりだった。誰にも言ってはならない、という言葉も重大な意味を帯びてくる。

助松は行李《こうり》の底にしまっておいた帳面を取り出し、改めてじっと見つめた。右端を

糸で綴《と》じた冊子で、端の方は少し傷んでいる。中は父の書いた文字で埋め尽くされており、月日の記載があることから、日々の記録であることは助松にも分かった。

読めない漢字は書き写し、長屋の大家に尋ねてみた。助松の身を気の毒に思っているらしい大家は、なぜそんなことを訊《き》くのだと尋ねもせず、漢字の読み方と意味を教えてくれた。それで、例えば、

「三月十日、昼八つ（午後二時頃）、新しき客来《きた》る。女、三十路《みそじ》ばかり。反魂丹《はんごんたん》買い求む」

などという部分が、伊勢屋に来た客が何を買ったのかを書き留めたものだと、助松にも分かってきたのである。

その帳面は大方、そういう記述が続くのみであった。

「反魂丹とは、伊勢屋さんで売っている薬の名前だね」

大家が口にした薬の名前は助松も父から聞いたことがある。腹痛を起こした時、飲ませられたこともあった。その時のことを思い出すと、泣き出しそうになったが、自分も伊勢屋の小僧となる以上、そんなことではいけないと、ぐっとこらえた。

父が帰って来るまで泣かない――それは父と約束したことである。

だが、父の日記が伊勢屋のことを記していると分かっただけでも、大きな収穫だった。伊勢屋で働くようになれば、日記の中の読めない文字も少しずつ分かってくるだ

ろうし、薬の名前を知る機会も多くなる。

(何としても、この日記に書かれていることを読み通すんだ)

伊勢屋へ行くに当たり、助松はそう心に誓っていた。

ただし、父の日記には、どうしてもよく分からない箇所があった。出来事の記録とは、明らかに様子の違う書き方がされているのだ。

通常は、上から下まで文字が連なって一行を成す。そして、一番下まで文字が埋まってから改行する。

しかし、そこだけは、他の部分より少し下から書き出されていた。また、文字が下まで行き着かないうちに改行される。そうした書き方が主に五行、時には七行くらい続くのであった。

日記の最後の一葉も、そうである。

からころも
裾《すそ》に取りつき
泣く子らを
置《お》きてそ来《き》のや
母なしにして

この書き方がされた部分だけは、漢字にふりがなが振られている。まるで、助松にも読めるようにという配慮にも見えた。

この記述の前には、「七月十五日夕べ、助松に富山に旅立つこと語る。泣きもせず。見事なり」と書かれていた。その意味が分かると、また泣きそうになったが、助松はこの時も必死にこらえた。泣くのは父が帰って来てからだ。

それから、助松は伊勢屋へ奉公に出た。父と同じ薬種問屋で働くことになり、同じ敷地内にある奉公人たちの長屋で、同い年の小僧と一緒に寝起きするようになった。何もかもが初めての暮らしが始まり、あっという間に三月《みつき》が過ぎた。

年が新しくなり、助松は十一歳になった。

伊勢屋へ来てからは、父の日記を見ることもなくなっていたが、あの不思議な記述の正体が分かったのは、新年の春のことである。

その日は、曇天から雪がはらはらと舞い落ちてきていた。助松は店と母屋《おもや》をつなぐ廊下の拭き掃除をしていたのだが、母屋の方から不思議な節回しの歌声が聞こえてきたのである。

新《あら》たしき　年の始《はじめ》の　初春《はつはる》の　今日降る雪の　いや重《し》け吉事《よごと》

助松は思わず手を止めて聞き入ってしまった。しっとりと落ち着いた優しげな歌声である。

「これ、手が止まっているぞ」

通りかかった手代の庄助《しょうすけ》に注意されて、助松ははっと我に返った。

「あれはお嬢さんのお声だよ」

庄助はきつく叱《しか》りもせず、そう教えてくれた。

「しづ子お嬢さん。お前もお顔は知っているだろう？」

庄助の言葉に、助松は黙ってうなずいた。店へ入る時に顔は合わせている。しづ子は助松より五つ年上の、しとやかできれいな少女であった。

「お嬢さんはお歌をたしなまれるんだ。あれは、昔の人が作ったやまと歌だな。毎年春になるとよく歌われるので、覚えてしまった連中も多い」

新年の始まりに、初雪が降ったことを詠《よ》んだ歌なのだという。雪が降り積もるように、いいことがどんどん降り積もりますように――という意味なんだと、庄助は教えてくれた。その後、

「お嬢さんのお声に聞きほれるのもいいが、掃除もしっかりな」

とだけ言い残し、庄助は去って行った。

（やまと歌かあ）

しづ子が歌う歌は、助松の知るわらべ歌とは少し違っているようだ。

やまと歌は、五、七、五、七、七の音律を持ったものだと、やがて助松は知った。その優れた歌を集めたのが『小倉《おぐら》百人一首』といい、歌留多《かるた》になっていることも、しづ子の歌っていたのが『万葉集《まんようしゅう》』という歌集の締めの歌だということも知った。教えてくれたのは、庄助をはじめとする奉公人たちだ。

伊勢屋には、歌についてくわしい者が多いようであった。

やがて、季節は春から夏へと変わり、父が消息を絶った秋が来た。一年が経《た》っても、父にまつわる知らせはどこからも舞い込んでこなかった。この頃、相部屋だった小僧が家の事情から長屋を出て、しばらく通い奉公をすることになった。

助松は久しぶりに父の日記を取り出すと、その最後の一葉に記されていた歌を写し取り、それを手代の庄助に見せた。

「この歌、知ってますか」

「からころも……？　いや、聞いたことのない歌だなあ」

庄助は呟《つぶや》き、他の手代たちにも意味を尋ねてくれた。が、この歌を知っているという者はいなかった。

歌の大体の意味は助松にだって分かる。母のいない子供が裾をつかんで泣いているのを、置き去りにして出かけた――という意味なのだろう。庄助たちとてそれは分かっていたはずだが、誰も何も言わなかった。助松の身の上と重なるだけに、遠慮しているのだと思われた。

「やっぱり、歌のことはお嬢さんにお尋ねするのがいちばんだ」

と、最後に庄助は言った。

「いえ、それは……いいです」

歌にくわしいしづ子から、正しい解釈を聞かせてもらいたいとは思う。だが、しづ子に尋ねれば、その話が主人の平右衛門に伝わることもあり得るだろう。平右衛門は助松の主人でもあり、今では親代わりでもあるのだから、なぜその歌について知りたいのか、どこでその歌を知ったのか、助松に尋ねてくるかもしれない。

その時、本当のことは言えないのだから、嘘《うそ》を吐《つ》くしかない。できれば、それはしたくなかった。

そうするうちにも時は流れ、父と離れて二度目の新年を迎えた。

助松は十二歳、大五郎の失踪から一年半が過ぎ去っていた――。

紺色の表紙を見据えていた助松は、やっと瞬きを一つした。大丈夫、泣いてはいない。

泣くのをこらえている間、自分でも気づかぬうちに息も止めていたらしい。助松は大きく深呼吸をした。

それから、表紙をめくり、父の日記に目を通していった。漢字も少しずつ覚え、読める部分も多くなっていたが、この日記の中で重要なのは歌のところではないのか。

歌は「からころも」も含め、全部で六首あった。うち五首が、五、七、五、七、七の五行書きだが、一首だけ七行書きである。

助松はこの夜、六首の歌をすべて、別の紙に書き写した。こうしておけば、この写しを見せて、意味を人に尋ねることができる。

書き終えてから、助松は父の日記を風呂敷で包み、柳行李の一番下に隠し入れた。

それから行灯の火を消し、寝床へ潜り込む。

(お父つぁんはきっと生きてる)

毎晩のように、胸に唱える言葉をその日も思い浮かべた。

自分は父がいなくなってからまだ一度だって泣いていない。泣き虫だった自分がこれだけ我慢しているんだから、きっと神さまは願いを叶えてくれるはず。きっと父を無事に返してくれるはず。

自分自身にそう言い聞かせる。

(とにかく、歌の意味を何とかして探り出さなきゃ)

気持ちも新たに、決意を胸に叩《たた》きこむ。どうやって探り出そうか、と考えているうちに、意識はやがて遠のいていった。

二

数日後の一月半ば、伊勢屋に一通の書状が届いた。飛脚から店前《たなさき》でそれを受け取った手代の庄助は、宛名を見るなり、助松を呼んだ。

「お前、今、手が空いてるだろ。これを母屋のお嬢さんのところへお届けしろ」

と言う。表書きには、太く力強い達筆で「油谷《ゆや》しづ子殿」としたためられてあった。

「はい」

助松はすぐに返事をし、書状を持って母屋へと向かった。

「お嬢さんにお文《ふみ》が届いたので、お持ちしました」

しづ子の部屋の前で声をかけると、中から「どうぞ」という穏やかな声で返事があった。助松は中へ入り、文机《ふづくえ》に向かっていたしづ子に文を渡す。しづ子は十七歳になったばかり。日本橋界隈《かいわい》でも評判になるほどの美しい娘である。

「賀茂《かも》先生からだわ」

筆跡を見るなり、しづ子は声を弾ませ、中身を読み始めた。

「これで失礼いたします」

　助松が下がろうとすると、しづ子が不意に文から顔を上げた。

「少しお待ちなさい。そなたは助松と申しましたね」

「はい」

　しづ子とはここへ来た時に挨拶し、その後も顔を合わせることはあったが、まともにしゃべったことはない。そんなしづ子が自分の顔と名を覚えていてくれたことに、助松は驚いていた。

「すぐに読み終えますから、もう少しここにいてください」

　何か言いつけられるのだろうかと思い、助松はその場でしづ子が文を読み終わるのを待った。文はそれほど長くはなかったようで、ほどなくしてしづ子は文を読み終え、顔を上げた。

「賀茂先生からは、前にお尋ねした『万葉集』についての問いかけに対し、丁寧なご返事を頂戴したのです。呼びつけてくだされば、私の方からご自宅へ伺いますのに、とても心遣《こま》いの濃やかな先生なんですよ」

　助松が尋ねてもいないことを、しづ子はくわしく語り出した。

「……はあ」

　どう返したものか分からず、あいまいな返事をしていると、

「賀茂真淵《まぶち》先生のこと、そなたは知りませんか」

　と、しづ子が訊いてきた。存じませんと答えると、しづ子はさも残念だという表情を浮かべてみせる。

「うちのお客さまでもあるのですが、品物の受け取りや支払いなどはお弟子さんがするでしょうから、そなたたちが先生と顔を合わせる折もないのかもしれませんね」

　そう呟いた後、しづ子は気を取り直した様子で、話を続けた。

「そなたはとても和歌に興味を持っているそうですね。庄助さんから聞きましたよ」

「え、いや、それは……」

　急な話の成り行きに、何の心づもりもなかった助松はしどろもどろになる。

「古くからこの国に受け継がれてきたやまと歌に心を寄せるのは、とてもすばらしいことです。私は前々から、そなたと歌の話がしたかったの」

　しづ子は助松のことを相当の歌好きと思い込んでいるらしい。

「いえ、おいらはたいそうなことを考えてるわけじゃなくって。ただ、お嬢さんのお歌を聞いて、あれは何だろうって思っただけで」

「あら。でも、そなたは『からころも』の歌について、皆に問いかけていたそうではないですか」

　庄助はどうやら、余計なことまでしづ子に吹き込んだようである。こうなったら腹をくろう。しづ子から問いただされる前に、助松は前もってこしらえておいた言い訳を口にした。

「その歌は、前にお客さんから聞いたんです。たぶん、おいらにおっ母《か》さんがいないことを知って、教えてくださったんじゃないかと思うんですけど」

筋は通っているはずだ。その客の名も顔も覚えていないと、突っ込まれる前に布石を打っておいた。

「そう……でしたか」

しづ子は少ししんみりした様子になって呟く。

「からころも裾《すそ》に取りつき泣く子らを置きてそ来《き》のや母《おも》なしにして」

しづ子は、父の日記にあった歌を、何も見ないで口ずさんだ。節はつけていなかったが、しづ子が口にすると、言葉の一つ一つがなぜか胸に沁《し》みる。その直後、

「歌の意味を、おいらに教えていただけませんか。手代さんたちはくわしく知らないそうなので」

助松はしづ子の前に手をついて頼んでいた。

「もちろんです」

しづ子は優しく言うと、居住まいを正して助松にしっかりと目を向ける。

「この歌の意味はさほど難しくありません。そなたも何となくは分かるのではありま

せんか」

「はい。でも、最初の『からころも』がどんな着物か、まず分かりません」

助松が率直に訴えると、しづ子はそっとうなずいた。

「からころもとは『裾』という言葉を導き出すための枕に過ぎないの。だから、あまりこだわらなくていいのよ。『裾に取りつき泣く子らを置』いてきた、というのだから、詠んでいるのは親だと分かるわね。そして、最後に『母なしにして』と来るので、歌を作ったのは父親だということも分かります」

「お父つぁんが母親のいない子供を置いて、どっかへ行く時に作った歌なんですね。子供が泣いているのは小さいからですか」

「ええ。でも、それだけではありません。父親が行くのはすぐには帰って来られないような遠い場所なの。もしかしたら、もう二度と戻れないかもしれない、我が子と一緒にいられるのもこれが最後かもしれない、そう思って詠んだからこそ、この歌は人の心を動かすのです」

「どうして、父親が遠い場所に行くって分かるんですか」

さらに助松が尋ねると、しづ子は一つ息を吐いてから、

「これが『万葉集』の防人《さきもり》の歌だからよ」

と、答えた。

「えぇ。昔、異国からの攻撃に備えて、九州を兵士に見張らせていた時代があったの。その兵士を防人というのよ。今だったら侍のお役目でしょうけれど、昔は侍なんていなかったから、農民が防人になったの。東国の、そうね、この辺りやもっと北に暮らしていた農民たちが、遠い九州まで行かされたのよ。今よりはるかに旅のつらい時代だから、一度行けば戻って来られないことも多かったのでしょう」

「おっ母さんがいない家でも、お父つぁんは防人になったんですか」

「そうだったのでしょうね。この歌を読む限りでは」

しづ子は呟くように言った後、悲しげな表情を浮かべると、

「助松、そなただって」

と、助松を見据えて言う。

「おっ母さんがいないのに、お父つぁんを富山に行かせてしまったわ。私の父さまがそうさせてしまったのよね」

しづ子は助松の父親が行方知れずとなったことで、助松に申し訳なく思っているようであった。

「でも、お父つぁんはちゃんと帰って来るって言ってました。おいらはその言葉を信じています」

自分自身に言い聞かせるような助松の物言いに対し、

「……そうですね」

しづ子は逆らわず、ただそっとうなずいた。続けて、

「実はね、助松」

と、気持ちを切り替えるように、しづ子は明るい声を出す。

「私が賀茂先生にお尋ねしたのも、『万葉集』の防人の歌だったの。賀茂先生はこの国で最も立派な『万葉集』の先生なんです」

自らの師である賀茂真淵について語る時、しづ子の両眼《りょうめ》には誇らしげな色が浮かんでいた。

「先生は今の公方《くぼう》さまの弟君であられる田安《たやす》家のご当主に仕えておられるの。田安さまの学問の先生でもいらっしゃるのですよ」

九代将軍徳川家重《いえしげ》の弟、田安宗武《むねたけ》の和学《わがく》御用《ごよう》を承《うけたまわ》っているのだという。そう聞けば、賀茂真淵の名も知らぬ助松であっても、どのくらいすごい人物なのかは想像がついた。

「そんなお方のお弟子さんだなんて、お嬢さんもすごいんですね」

助松が言うと、しづ子はとんでもないというふうに細い首を大きく横に振った。髪に挿した簪《かんざし》の、小さな珠《たま》を連ねた飾りが大きく揺れる。そのさまは下に垂れて

咲く藤の花房を思わせた。あまり激しく首を振ると、花が落ちてしまう――そんな気持ちを抱かせるありさまだった。

「私は賀茂先生のお弟子を名乗らせていただくのが申し訳ないくらい、出来の悪い弟子なのよ」

しづ子はいつしかうな垂れてしまっている。

「どうして、そんなふうにおっしゃるのですか」

つられたように尋ねると、しづ子は顔を上げ、膝の上に置いていた賀茂真淵からの文を取り上げた。

「私が賀茂先生にお尋ねしたのは、防人の歌についてだと言ったでしょう。それがこの歌だったのよ」

しづ子は文の一部を示しながら、その歌を口ずさんでくれた。

時時《ときどき》の　花は咲けども　何すれそ　母とふ花の　咲き出来《でこ》ずけむ

宛名書きと同じく、力強い達筆でしたためられた一首の言の葉。花の歌であること、母という文字があることは分かるが、「からころも」の歌と違って、何となくでも意味を取ることができない。

「おいらにはさっぱり意味が分かりません」

助松は正直に言った。

「折々に、季節ごとの花は咲くけれども、どうして母という名の花は咲かないのだろうか、もし母という名の花があるのなら、旅先まで持って行くのに……というような意味の歌よ。旅に出る防人の若者が、母と別れたくない気持ちを詠んだ歌ね」

しづ子の説明は分かりやすかったので、助松はうなずいた。が、よく分かったのはここまでだった。

続けて語り出したしづ子は、あっけに取られてしまうほどの早口だったのである。

「この歌に『母とふ花の咲き出来ずけむ』とあるでしょう。ここは、『母という名の花が無い』という意味なのだけれど……」

何でも、しづ子はそこに疑問を持ったという。なぜなら、昔は春の七草の「ごぎょう」を「母子草」と呼んでいたからだ。母子草は昔の草餅《くさもち》にも使われていたらしい。

ならば、この作者が知らなかったはずはなく、あえてそこを無視して歌を作ったのか。それとも、現実に花が存在するかどうかは二の次で、花ではない母親を摘み取って連れて行くことはできない、という悲しみに重点を置くべきか。その点をご教授願いたい――というようなことを、先生に申し出たということらしい。

何とか頑張って聞き取ろうと努めていた助松は、最後の方は頭がこんがらがってしまった。

（それって、どっちでもいいんじゃないですか？）

そう言いたいのをこらえていると、しづ子は再びしょんぼりとうな垂れた。

「賀茂先生はとても温厚でお優しいお方だから、私の問いかけにも懇切丁寧にご返事を書いてくださったわ。でもね、最後にこう書かれていたの。その点については、先生のご著作である『万葉集遠江歌考《まんようしゅうとおとうみのうたこう》』に見解を記してあるから、ぜひそちらにも目を通してほしい、と――」

「そ、そうでしたか」

「私、この歌を読んだ時、すぐに『母とふ花』のところがおかしいって気がついたの。それで、大発見でもしたみたいに得意になっていたのよ。知りたいという気持ちより、先生に褒めていただきたいという気持ちの方が勝っていたと思うのです。先生のご著作にも目を通さず、問いかけを持ちかけるなんて、本当に恥ずかしいこと」

でもそれは、『万葉集』すら全部読んでいない自分には、賀茂先生の著作を読む資格もないと思っていたからなのだと、しづ子は言い訳のように小さな声で告げた。

「『万葉集』の歌って、どのくらいあるんですか」

落ち込むしづ子に何か言わねばと思いつつ、助松は頭に浮かんだ素朴な疑問を口にした。

「確か、四千五百首くらいじゃなかったかしら」

しづ子はごく当たり前のように答えるが、

「四千五百も？」

助松は息を呑《の》んだ。『小倉百人一首』の四十倍以上とは――。

「それで、お嬢さんの問いに、先生はどうお答えになったんですか」

肝心のことを思い出して、助松はさらに尋ねた。

「『母とふ花』とは母子草のことだとも思えるし、そうでないかもしれない。また、母を花にたとえている表現ととらえてもよいだろうというご返事でした」

「ええと、お嬢さんもさっき、同じようなことをおっしゃってましたよね」

「もちろん、先生はずっと前に『万葉集遠江歌考』にそのことを書いていらしたのよ」

「でも、先生のお考えと一緒だったなんて、すごいことなんじゃありませんか」

「……そうかしら」

しづ子は自信がなさそうに呟く。しかし、助松に向けられたその目は少し嬉《うれ》しそうに瞬いていた。

「間違いなく、お嬢さんはすごいですよ」

助松は声に力をこめてくり返した。

「……ありがとう」

しづ子ははにかんだ笑みを浮かべている。首をかすかに傾けた時、簪の珠も静かに揺れた。助松は再び藤の花を脳裡《のうり》に浮かべていた。

三

込み入った歌の話がようやく終わり、助松がしづ子から解放されて店へ戻ると、手代の庄助が「ご苦労さん」と声をかけてきた。たまたま客がいなかったこともあり、

「お嬢さんにつかまって、歌の話をたっぷり聞かされたか？」

と、訊いてくる。やはり、そうなることを分かっていて、あえて助松を行かせたということらしい。

「まあ、うちにいる奉公人なら、一度は受けなきゃならん儀式みたいなもんだ」

と、庄助は苦笑いしながら言った。

奉公人たちの誰もがそこそこ歌に通じているのも、そういうことだったようだ。

（お嬢さんはちょっと変わったところはあるけれど、優しくていいお人だ。それに、歌にもすごくくわしいし）

和歌について語る時の、あの嬉々《きき》とした様子からすれば、父の日記に書かれた歌についてもくわしく教えてくれるだろう。

問題は日記のことを持ち出さずに、どうやって尋ねるかという点である。「からころも」はお客から聞いたという言いわけが立った。やはり誰かから聞いた——特にお客から教えてもらったという話がそれっぽく聞こえるようだ。

どこかに、歌にくわしいお客がいなかっただろうか。そんなことを思いながら、助松はその日から、伊勢屋へ来る客を吟味し始めた。

そうして五日が経った頃、助松も知る若い男客が伊勢屋に現れた。

「これは、葛木《かつらぎ》さま」

その日も店にいた庄助と一緒に、助松は挨拶をした。

「ああ、庄助はんに助松はん。お達者そうで何よりや。時に、こちらの旦那はんも大事のうおすやろな」

上方訛《かみがたなま》りのきついしゃべり方は、初めは耳慣れず、助松は苦労したものである。

「はい。主人は葛木さまのお蔭《かげ》で、腰痛も治り、今はつつがなくしております」

庄助が愛想のよい笑顔を浮かべて答えた。

「それは何より」

葛木と呼ばれた客はにこやかに微笑《ほほえ》みながら、店の中を見回した。この時、店の中には客が二人、その相手をしている手代が一人ずつ、他に小僧が二人控えていたが、誰もがぽかんと葛木に見とれていた。

この男は葛木多陽人《たびと》といい、京都生まれ京都育ちの占い師で、依頼を受けつつ、あちこち旅して回っているという。年の頃は二十代前半ほどに見えるが、実際のところは誰も知らなかった。

京都にいた頃、陰陽道《おんみょうどう》を学び、易《えき》や風水《ふうすい》にくわしく、人相や手相も見る。薬の知識もあり、医者の真似事《まねごと》のようなこともしているが、本業はあくまでも占いらしい。

この男の最大の特色は、その華やかで整いすぎた美貌にあった。店の中の人々が──特に伊勢屋の手代や小僧たちは初対面でもないというのに、ぽかんと見とれている。髪型は月代《さかやき》を剃《そ》らない総髪で、髷《まげ》も結わず、無造作に紐《ひも》で結んでいるだけであった。ともすれば、だらしなく見える髪型であるのに、この男に限ってはそれすらも艶《なま》めかしい魅力となる。

伊勢屋の娘のしづ子は、近隣でも指折りの別嬪《べっぴん》さんで通っていたし、助松は先日、しづ子を藤の花のように華やかでかぐわしい人だと思った。が、葛木多陽人を目の前にしてしまうと、そのしづ子の面影さえかすんでしまう。

(葛木さまを花にたとえるとしたら何だろう)

つい助松は考えてしまった。ぱっと思い浮かんだのは牡丹《ぼたん》の花だ。百《ひゃっ》花王《かおう》とも言われる花。色は鮮やかな紅でも、純白でも似合いそうだが、光り輝くような黄色い牡丹が最もふさわしいかもしれない。

多陽人が伊勢屋と関わりを持つようになったのは、半年ほど前のこと。

主人の平右衛門が腰を痛めたのだが、店で扱う湿布や薬で治らなかったその痛みを、多陽人が完治させたのである。寝所の方角を変えるように指示したのと、祈禱《きとう》を行った結果であった。以来、葛木多陽人は伊勢屋における最も重要な客の一人であり、最大のもてなしをするようにと、奉公人たちは厳命されている。

「今日のお出《い》ではお買い物でございましょうか、それとも主人へのご用で？」

庄助が丁重に尋ねた。

「そやな。約束があったわけやないけど、旦那はんがご在宅なら、挨拶だけでもさせてもらいまひょ。それから、反魂丹を少々もらいたいんやけど」

「へえ。お帰りまでにはご用意させていただきます」

反魂丹とは富山産の薬で、主に胃痛に効く。他にも、発熱や嘔吐《おうと》にも効くため、重宝される薬であった。

富山の薬売りは行商によって遠方にも出回るものだが、伊勢屋は富山の薬問屋である丹波屋と取り引きがあり、そこから反魂丹を仕入れていた。

反魂丹は行商の訪れを待っているうちに、切らしてしまう家もある。そのため、伊勢屋には常客以外にも、反魂丹を切らしたと言って買いに来る客が、ひと月に五、六人はあった。

葛木多陽人も反魂丹を伊勢屋で買っていく客の一人だが、たいていは占いの見料で相殺されてしまう。

「今回は包みを十で頼みます。払いはつけでな」

「かしこまりました」

多陽人の注文が済んだのを確かめ、助松は案内に立った。

助松と多陽人が帳場から奥へ続く暖簾《のれん》をくぐり終えると、背後から深い溜息《ためいき》がいくつも聞こえてきた。多陽人の姿が消えたことを惜しむ人々の嘆きであり、これもいつものことである。

「ところで、助松はんは何かええことがありましたか」

廊下を進んで行くと、背後に続く多陽人が尋ねてきた。

「えっ、別に……」

と応じたものの、しづ子から父の日記の歌を教えてもらい、気持ちの弾みが顔に出ていたかもしれない。その時、助松はふとある計画を思いついた。

「ところで、葛木さまはやまと歌におくわしいのでしょうか」

つと立ち止まって振り返ると、

「やまと歌？　それはまあ、ふつうにはな。私は狂歌《きょうか》をやりますよって」

多陽人も足を止め、助松を見下ろしながら答える。

「きょうか？」

やまと歌でさえよく分からないというのに、さらに難解な言葉が出てきた。

多陽人から歌を教えてもらい、そのくわしい意味をしづ子に尋ねるという体《てい》で、ついでに父の日記の歌も訊くというのは、よい考えだと思ったのだが……。

「きょうかとはよく分かりませんが、実は……」

助松はしづ子が歌をよくすること、そのしづ子に歌を教えてもらって嬉しかったことを話した。

「ほーお、助松はんは歌が好きなんどすか」

多陽人は興味深そうな目を向けて尋ねる。

「いえ、おいらは好きも嫌いも分からないんですけど、ただお嬢さんの話を聞くのは面白いです」

「へーえ。ちなみに、どないな歌を教えてもらわはったんどすか」

多陽人から訊かれ、助松は「からころも」の歌をそらんじてみせた。こちらは何度も父の日記で読んでいたから覚えている。だが、もう一首は覚えていなかった。

「ええと、『時時の』か『時時に』で始まる歌です。母という名前の花がないとかって意味なんですけど」

「時々の……時々に、か。それは『万葉集』にある歌なんか？」

多陽人は考え込むような表情で、さらに助松に問うた。

「はい。『万葉集』です」

「ほな、『時時の花は咲けども何すれそ母とふ花の咲き出来《でこ》ずけむ』やな」

多陽人は寸の間も置かず、助松が先日教えてもらった歌をすらすらと暗誦《あんしょう》してみせた。

「そう、まさにそれです！」

『万葉集』の歌は四千五百首もあるというのに、今の説明だけで目当ての歌を引き出した多陽人に、助松は尊敬の眼差《まなざ》しを向けた。

「葛木さまは本当に歌におくわしいんですね。お嬢さんのこともすごいお方だと思いましたが、葛木さまの方がすごいかもしれません」

「すごい、すごいって、人を化物みたいに言わんといておくれやす。ちなみに、こちらのお嬢はんはどないにすごいんどすか」

多陽人から尋ねられるまま、助松は防人の歌について教えてもらったこと、『時時の』の歌を細かい部分まで気にかけていたことなどを答えた。

きっと多陽人も興味を示すだろうと思い、勢い込んでしづ子が賀茂真淵の弟子とい

うことまで話してしまったところ、

「ほう、そないなふうに教えられたんどすか」

と応じる多陽人の返事は、意外なくらいそっけないものであった。

「お嬢さんのおっしゃっていたこと、間違ってるんですか」

急に不安になって、助松は訊き返した。

「いいや。別に間違うてはおへん。しごくまっとうな、正しい説明やと思います」

「なら、どうして葛木さまはそんなに……ええと、面白くなさそうな顔をしていらっしゃるんですか」

言葉を選びながら尋ねると、

「そりゃ、お嬢はんのお話が面白うないからに決まってますやろ」

まったく遠慮のない言葉が返されてきた。

「面白くないって……。でも、間違ってないんですよね」

「間違うてないからというて、面白いことにはならへんやろ。たとえば、私ならこないして歌を楽しみます」

そう前置きして、一度目を閉じた多陽人は、ほんのわずかの間を置いて目を開けると、いきなり歌を口ずさみ出した。

絹物を　買《こ》うてくれろと　泣く子らを　ご禁制やと　親黙らせる

時時の　米は取れねど　何すれぞ　年貢取り立て　待ってはくれぬ

「えっ、それって何ですか」

微妙に、『万葉集』の歌と同じ部分がある。作り替えた歌だとは分かるが、これは多陽人がたった今、このわずかな間に考え付いた歌なのだろうか。意味はとても分かりやすい。

高価な絹物を買ってくれと駄々をこねて泣く子供に、今の世は贅沢《ぜいたく》は禁じられているからといって、親が子供を黙らせる。八代《はちだい》さま（徳川吉宗《よしむね》）が享保《きょうほう》の世に出したご禁制を詠んでいるのだ。

収穫時ごとに米の取れない年があるけれど、どうしてか年貢の取り立てを待ってはくれない。これは、飢饉《ききん》の折の百姓の苦しみと、それを分かろうとしない公儀《こうぎ》や藩を批判したものである。

「これが、狂歌ちゅうもんや」

不意に、多陽人は助松の顔をのぞき込むようにしながら、にっこりと笑いかけて言った。すぐ間近なところで見る輝くばかりの笑顔は、助松をどぎまぎさせた。

「えっと、これが狂歌……」

「そうや。ま、急なことやったんで、あんましええ出来栄えではないけどな。昔の歌の替え歌でのうてもええんやけど、今の世の言葉でこの世の皮肉を歌い上げる、これが狂歌や」

こないなふうに作り替えた方が分かりやすいし、面白いやろ――美しい顔でそう訊かれると、首を横に振ることはできなかった。

「歌とはこないして楽しむもんや。ここのお嬢はんの話より、私の方が楽しゅうおすやろ」

さすがに返事をしかねて黙っていると、

「まあええ。けど、次に何か訊きたいことがあったら、私のことも思い出しておくれやす」

と、多陽人は続けて言った。

「ほな、行きまひょか」

多陽人から促され、助松は我に返った。

「は、はい」

助松は慌てて返事をし、再び前を向いて廊下を歩き出す。その後ろでは、多陽人が今作ったばかりの狂歌を口ずさんでいた。

「絹物をー買うてくれろとー」

節回しの付け方がしづ子と違い、どこか滑稽《こっけい》だった。

たぶん、しづ子の言うことが正道で、多陽人が語る狂歌は邪道なのだろうと、助松にも何となく分かる。父の日記に書かれた歌は正道の方らしいので、多陽人に習うより、しづ子に訊いた方がいいのだろうとも思う。

だが、多陽人の作った狂歌は、とにかく意味がすぐ分かるし、覚えやすいし、面白い。そう思ってしまうのだけはどうしようもなかった。

第二首　あしひきの

一

助松は父の大五郎が残した日記を開きながら、首をかしげていた。

「この歌は……」

「からころも」の歌は何となく意味が分かったし、しづ子の説明を受けた後は背景までもよく理解できた。父が去った時の状況と似ている部分もあれば、違う部分もある。

父が日記に書き残した意図までは分からないが、それはひとまず脇へ置こう。

今は、しづ子といい葛木多陽人といい、質問できる相手が二人もいる。歌との付き合い方はそれぞれだが、二人とも喜んで教えてくれそうだ。

父が日記に書き残した歌は、残り五首。どうせなら、出てきた順番に訊《き》いていこう。

そう思って、助松は最初の歌に目を通したのだが、そこで立ち止まってしまった。

あしひきの
山坂越えて
ゆきかはる

年《とし》の緒《を》長く
しなざかる
越《こし》にし住めば

意味が分からないのは仕方ないとしても、これはやまと歌なのだろうか。歌が五、七、五、七、七の型を持っていることは、助松も知っている。『小倉百人一首』の百首がすべてそうだということも知っていた。

しかし、この歌は五、七、五、七と来た後、七とならず「しなざかる越にし住めば」——またも五、七と続くのだ。「しなざかる」の意味は分からないが、「越にし住めば」とあるから「越」が土地や地域を指す言葉だと推測できる。伊勢屋の取り引き先でもあり、父が行方不明になった富山は、越中《えっちゅう》国だ。ならば、「越」とは越中、もしくは越前《えちぜん》や越後《えちご》を指しているのではないか。もう一つ分からないのは、「越にし住めば」という中途半端な言葉で終わっていることだ。

この歌は「からころも」と同じく『万葉集』の歌なのだろうか。それとも、多陽人が言っていた狂歌のように、誰かが作り替えた歌なのか。あるいは、父が作った歌ということもあり得るのか。

（いや、お父《とっ》つぁんがこんな歌を作れるはずない）

そう思うそばから、どうして決めつけられるのかという考えも湧く。そもそも、父が昔の古い歌を知っていることすら、助松には驚きだった。父はどこで「からころも」の歌を、読んだり聞いたりしたのだろう。

だが、父の日記を眺めていても、答えは出てこない。

（とりあえず、お嬢さんにお尋ねしてみるのがいいんだろうけど……）

店の客から聞いた歌だと言いつくろうのは、少し無理がある。ならば、しづ子から聞いたということにして、多陽人に意味を尋ねてみようか。

助松は懸命に考えをめぐらしながら、その夜も父の日記を丁寧に風呂敷で包み、柳《やなぎ》行李《ごうり》の奥にしまい込んでから床に就いた。

助松が再びしづ子と話をする機会は、「からころも」の歌について教えてもらった数日後に訪れた。

「今日お嬢さんがお出かけになる際、お前が供をしなさい」

その日の午後、助松は番頭に呼ばれて、そう告げられた。何でもしづ子直々の名指しとのこと。

「まずは、お嬢さんのお部屋へ伺い、お指図を聞きなさい」

言われた通り部屋へ行くと、しづ子はまだ文机《ふづくえ》に向かっていた。

「出かける前に、そなたに訊きたいことがあって来てもらったの」

書き物をしている手を止めて、助松の方に向き直ると、しづ子は微笑《ほほえ》んだ。

「そなた、手習いは寺子屋で？」

「はい。こちらへ来る前は」

父と神田の長屋に暮らしていた頃は、近くの寺子屋に通っていた。

「そう。でも、今は通っていないのよね」

助松はうなずいた。奉公人が寺子屋へ通うこともないわけではないが、かなり稀《まれ》である。仮名文字もそろばんも一通りはできるようになっていたから、別段困ることはなかった。それに、店の手代たちが仕事の合間に、文字やそろばんを交替で教えてくれる。

「そなたは歌を習いたいでしょうに、それができないのはかわいそうだわ。私が歌を書いたものを渡してあげましょう。そうすれば、そなたは手習いをしながら歌を習えますもの」

しづ子はよいことを思いついたという様子で、にこにこしている。しづ子が考えるような向学心を持つわけではないので、少しこそばゆかった。しかし、歌を聞き出すには都合のよい申し出である。

「はい。よろしくお願いします」

助松は殊勝な態度で頭を下げた。

「じゃあ、さっそく今日書いてあげるわ。どの歌がいいかしら」

しづ子はどことなくうきうきした調子で言い出した。

「先日の『からころも』の歌がいいかしらねえ。それとも、別の歌が……」

「別の歌がいいです。新しい歌を習いたいから」

「そう。なら、助松はどんな歌が好きなの？」

期待のこもった目をしづ子から向けられたが、好きな歌と言われても、そんなものはない。どうやって父の日記の歌を持ち出そうかと、焦って考えをめぐらせるうち、

「しなざかる……」

と、うっかり助松は口走ってしまった。

「えっ？」

「ええと、よく覚えてないんですけど、『しなざかる』って言葉が入ってる歌を聞いたことがあります。その意味が分からなくて。でも、何だか気になっていて」

父の日記に感づかれるわけにはいかぬと必死だったが、しづ子は幸いなことに何の疑問も抱かなかったようだ。

「しなざかる――それはね」

急にしんみりした調子の声になり、呟《つぶや》くように続けた。

「『越』という言葉を導く枕なの」

同じような説明を先日も聞いたことを、助松は思い出した。

「それって、『からころも』と同じってことですか」

「そうよ。助松はとても賢いのね」

にっこり微笑むしづ子の眼差《まなざ》しは、助松をいたわるような優しいものであった。

「越って越《こし》の国《くに》、富山のことですか」

「そうね。越の国というのは古い呼び方で、その後は越前、越中、越後などと呼ばれたわ。富山だけではなく、加賀《かが》や能登《のと》も含まれるのよ」

助松が黙ってうなずくと、

「助松はお父つぁんのことを思い出したのよね」

と、しづ子が気遣うように尋ねた。

「そうですけど、おいらは大丈夫です。お嬢さん、手習いのお手本はできれば『しなざかる』が入ってる歌がいいです」

助松は思い切って頼んだ。うまくすれば、父の日記の歌に当たるかもしれないという目論見《もくろみ》もある。

「しなざかる——そうねえ」

すぐに思い浮かぶわけではないらしく、しづ子は少し待ってちょうだいと言い、文机から立ち上がって本の置かれた棚の前へ行く。

「確か、越中にいた頃の大伴家持公《おおとものやかもち》の歌の中に、あったと思うわ」

「お嬢さん、お出かけの方はよろしいのですか」

しづ子が立ったまま書物をめくり始めたので、助松は気になって尋ねた。

「あ、そうね。神田明神さんへお参りするだけだから、急ぎではないのだけれど」

とは言うものの、当てのない歌探しを続けるわけにもいかないのだろう、しづ子はいったん棚の前から離れた。

「では、出かけましょう。そなたは先に玄関口で待っていてください」

しづ子の言葉を受け、助松は先に部屋を出た。それから、ほどなくして玄関口へ現れたしづ子と共に出発する。

「しなざかるが出てくる歌を探して、お手本を書いたら、そなたに知らせるわね」

しづ子は少し後ろを歩く助松に言った。

「ありがとうございます。その歌って、前に教えてくださった『万葉集』にあるんですか」

「ええ。前に読んだことがあるわ。生憎《あいにく》、歌を覚えていなくてごめんなさいね」

「四千五百首もあるんですよね？　そんなの、ぜんぶ覚えられる人なんていませんよ」

そんな話をしながら二人は裏口を出て、表通りへと回った。この通りに伊勢屋の店も面しているが、二人が出たのは伊勢屋から三軒ほど離れた辻《つじ》である。

「おや」

しづ子と助松が表通りに出た時、左側から驚いたような声が聞こえた。

「葛木さま」

助松は声を上げた。葛木多陽人はその顔立ちの非凡さゆえに、通りでも目立っている。特に道を行く女たちの眼差しは、吸い寄せられるように多陽人の顔に向けられていた。

「……あら」

しづ子の口からも小さな驚きの声が漏れる。だが、その声は決して嬉《うれ》しそうでもなければ、華やいだものでもなかった。

会いたくない人に出くわしてしまったという様子で、しづ子はぷいっと横を向いた。

二

「おや、これはこれは。助松はんはお嬢はんのお供どすか」

多陽人はしづ子の反応など気にも留めぬというふうに、愛想よく助松に話しかけた。

「はい。葛木さまはうちの店へいらしてくださったんですか」

「そうなんやけど……」

多陽人が前進する先に伊勢屋の店前《たなさき》がある。しづ子と助松はそこから反対の左に曲がろうとしていた。

「父さまなら、今は出かけております。生憎ですけれど」

しづ子が多陽人の方へは目を向けずに答えた。声色《こわいろ》もいつもの優しげな感じと違って、何となく尖《とが》って聞こえる。

二人が一緒にいるのを見たことのなかった助松は、どうしてしづ子がこんな態度を取るのか、さっぱり分からなかった。女人であれば――特に若い娘であれば、葛木多陽人の美貌に目を奪われそうなものなのに、どうしてしづ子は多陽人から目をそらすのだろう。

「そうどしたか。まあ、今日はお会いせなならん用はのうて、ただお札を届けに来ただけなんや」

多陽人の方はしづ子のつんけんした言い方に頓着せず、柔らかく受けた後、

「ほな、届け物はお嬢はんにお預けしてもよろしおすか」

と、付け足した。

「どうして、私が――」

　しづ子はようやく多陽人に目を向けたものの、迷惑顔を隠そうともしない。

「で、でしたら、そのお札はおいらがお預かりして、後で番頭さんから旦那さんに渡していただきます」

　助松は慌てて二人の間に割って入った。

「ほんまか。助松はんはよう気が利くなあ。まあ、あんたも大変やろけど、大店《おおだな》のお嬢はんちゅうんは大方わがままなもんと決まってますさかいな」

　多陽人は助松を慰めるように言うのだが、その言葉はしづ子への皮肉に満ちていた。

「お嬢さんはぜんぜんわがままなんかじゃありません。奉公人にも優しくしてくださるって、うちの店では皆が言っています」

　助松は懸命にしづ子を庇《かば》った。それに、嘘《うそ》は言っていない。しづ子が奉公人の誰に対しても優しいのは本当のことであった。

「あんたはほんまに気が利く小僧はんやなあ」

　多陽人は助松がどう言おうと、その言葉を信じようとはしない。

「ほな、頼みましたで」

　多陽人が懐から取り出したお札を、助松が受け取ろうとした時、それは横合いからさっとしづ子の手に奪われてしまった。

「助松や番頭さんを煩わせるのは気の毒ですから、これは私から父さまにお渡しいたします。それで、よろしいのでしょう？」

しづ子は多陽人を睨《にら》みつけるようにしながら言う。多陽人はにこやかな笑顔でしづ子の眼差しを受け流すと、

「ところで、お二人はこれからどちらへ」

と、尋ねてきた。

「神田明神さんへお参りに行くんです」

しづ子が再びぷいと横を向いて答える。

「そうどしたか。実は伊勢屋はんへ寄った後、私も神田へ行くところどした。途中までご一緒させていただきまひょか」

多陽人の言葉に、しづ子はいいとも悪いとも言わなかった。

「ほな、まいりまひょ」

多陽人は同行を許されたものと思った様子である。

「えっと、お嬢さん」

いいんですか――という眼差しを、助松はしづ子に向けた。

「葛木さまと助松が先に行ってください。私は後ろを歩きますので」

と、しづ子が言う。別段、多陽人と一緒に行くのが嫌というわけでもないらしい。

「お嬢はんの仰《おお》せのままに」

　いささか大仰《おおぎょう》な物言いで多陽人が言い、助松は多陽人と並んで歩くことになった。婚礼前のしづ子を異常に目立つ多陽人と並ばせるわけにはいかないので、これは仕方がない。だが、助松の役目には、しづ子の身を守ることもあったから、助松は時折、後ろを振り返りながら歩くことになった。

「そない何度も振り返らんでも大事おへん。お嬢はんに何かあったら、すぐに分かるさかい」

　多陽人が助松に言う。

「でも、何かあってからでは遅いですし。それに、背中に目がついているわけでもないのに、どうして葛木さまはお嬢さんの様子が分かるんですか」

　助松が不思議そうに問い返すと、多陽人はふふっと笑いながら、「ついてるのや」と言った。

「私には振り返らんでも後ろが見える」

「まさか」

　助松が目を瞠《みは》ると、多陽人はふふっと声を立てて笑った。

「もちろん本物の目やない。せやけど、目がのうても見える、それが陰陽師《おんみょうじ》というものや」

「葛木さまは占い師じゃないんですか」

「まあ、今の世の中では分かりやすう占い師と言うてますけどな。私の先祖は代々、陰陽師どしたのや。今はもう、官職にも就いてまへんけど、昔はれっきとした朝廷の役人やったんどす」

「そうなんですか」

陰陽師と聞いても、よく分からないのだが、葛木多陽人が凡人でないことはよく分かる。人並外れた容貌といい、薬で治せぬ主人の腰痛をたちどころに治したことといい、ほんの少しの手がかりで目当ての歌を言い当てたことといい……。

「そういえば、あの後、お嬢はんからまた歌を教えてもらわはったんか」

歩きながら、多陽人が助松に尋ねてきた。

「え、はい、そうです。お嬢さんがおいらのために手本を書いてくださるんです」

しづ子の優しさを伝えたくて、助松の声にはつい力がこもる。

「ほう、そないなことに。で、何の歌を書いてもらわはったんどすか」

「ええと、これから書いていただくことになっていて」

歌はまだ決まっていないのだと、助松は答えた。

「ほう。歌はお嬢はんが選ばれるんどすか」

助松がうなずくと、多陽人は不意に足を止め、「お嬢はん」としづ子を振り返った。

「助松はんに、何の歌を書かれるおつもりどすか」

すぐ後ろを歩いていたしづ子もまた足を止める。

「まだ決まっておりません」

しづ子は硬い声で答えた。

「せやけど、選ぶ物差しはお持ちどすやろ。膨大な数の歌の中から、どないな歌を選ばれるのか、知りとうおますなあ」

「助松が『しなざかる』という枕について尋ねてまいりましたので、その歌を選ぶつもりです」

しづ子はあまり機嫌のよくなさそうな声で答えた。

「ほう。『しなざかる』といえば『万葉集』に五首ありましたな。して、どの歌を？」

さらに、多陽人は突っ込んだことを尋ねてくる。

（まさか、葛木さまは「しなざかる」という言葉が使われている歌を、ぜんぶ覚えてるのかな）

助松が考えたことを、しづ子も思い浮かべたようであった。その表情はそれまでになく強張《こわば》っている。

「えっと、葛木さま。その五首を今ここで、教えていただくことはできますか」

助松は二人の間に割って入った。

「それらの歌を暗誦《あんしょう》するだけならできます。けど、三首は長歌《ちょうか》やで」

「五、七、五、七、七の短歌やのうて、五、七、五、七を長《なご》うくり返す歌や」

「長歌――？」

「そ、それ、教えてください！」

助松は思わず熱心な口ぶりで頼んだ。そんな助松をじっと見つめていた多陽人は、

「ほな、歩きながら歌いまひょ」

と言い、再び前を向いて歩き出した。助松も再び歩き出しながら、その直前、しづ子の顔をそっと盗み見た。

多陽人の発言に不愉快な思いをしているのではないかと気にかかったが、意外にも多陽人の後ろ姿に当てられた眼差しは決して尖っていなかった。むしろ、何か崇高なものでも見つめるような目つきに見える。

助松と目が合うと、しづ子は少し恥ずかしそうに頬を染め、

「お行きなさい」

と、小さな声で告げた。

三

多陽人の歌い上げる三首目に、その歌は登場した。初めの歌は長歌だったが、父の

日記には記されていない歌だった。二首目が短歌で、三首目が再び長歌。そして、それが助松の目当ての歌であった。

あしひきの　山坂越えて　ゆきかはる　年《とし》の緒《を》長く　しなざかる　越《こし》にし住めば
大君《おほきみ》の　敷きます国は　都をも　ここも同《おや》じと　心には　思ふものから……
……枕づく　妻屋《つまや》のうちに　鳥座結《とくらゆ》ひ　据ゑてそわが飼ふ　真白斑《ましらふ》の鷹《たか》

長い長い歌だと、助松には思われた。父の日記に書かれていたのは初めのほんの一節だったのだ。それでも、助松は何とか意味をつかもうと、真剣に多陽人の声に耳を澄ませた。

先日、狂歌を歌っていた時のような節回しはついていない。驚いたことに、多陽人は一度たりとも詰まったり、言い間違えたりすることなく、長い歌を暗誦してのけた。

「すごい。どうすれば、こんなに長い歌を覚えられるんですか」

素朴な疑問を、助松は口にした。

「助松はんかて、やろうと思えばできるで」

あっさりとした答えが返ってくる。

「いや、おいらにはとても……」

「それは、音だけで覚えようとするからや」

「音だけで……？」

助松はんは、この歌の意味がまだよう分からんのやろ」

助松がうなずくと、「意味は大方こういうのや」と前置きし、多陽人は語り出した。

――険しい山や坂を越えて、越中にやって来て、何年も経《た》った。越中も住めば都と思うけれど、どうも心が浮かない。それで秋の野に出かけ、馬を駆って鷹狩りをする。真っ白なまだらの羽を持つ、私の大事な鷹。

「まあ、こないなことを言うてはる」

そう締めくくった多陽人の説明を聞き、

「鷹狩りの歌だったんですか」

と、助松は納得したが、それが分かっても歌を覚えられるわけではない。

「ちょっとお待ちください」

その時、後ろから厳しい声が上がった。

「この歌は、大伴家持公が越中守《えっちゅうのかみ》として当地へ赴任した時にお作りになったものですよね。今のお言葉では、お歌の意味が十分に伝わってまいりません」

足を止めて振り返った多陽人に、しづ子は生真面目《きまじめ》な口ぶりで抗議し始めた。

「たとえば、出だしの『あしひきの』は枕だからよいとしても、続く『山々の坂を越え、都から遠く離れた越中に長年暮らした』という箇所にこめられた望郷の念が、先ほどの説明ではあいまいではございませんか」

「そうどしたか」

　と、多陽人はとぼけている。

「そういういい加減な教えを、歌を習い始めたばかりの助松に聞かせるのは、いかがなものでしょうか」

「そうかと言うて、まだ初心者の助松はんに、細かいこと言うても飽きてしまうだけやろ。その辺りのことは、お嬢はんから後でくわしゅう聞かせたっておくれやす」

「ええと……」

　助松は慌てて二人の間に割って入った。

「『しなざかる』が枕だってことは、前にお嬢さんから習いました。『あしひきの』も枕だったんですか」

　二人のどちらに問うともなく尋ねると、しづ子はきまり悪そうに多陽人から目をそらした。多陽人はさしてこだわるふうもなく平然としていたが、再び前を向いて歩き出しながら、

「そうや。『あしひきの』は『山』を導く枕なんや」

　と、伸びやかな調子で答えた。

「さっきの話に戻りますけどな。こないして意味が分かれば、歌は覚えやすうなる。けど、意味だけでもあきまへん。たとえば、鷹の雄々しい姿、羽の白いまだら模様――それらを思い浮かべ、言葉とつなげておく。そないすると、言葉と形、言葉と色がしっかり結びついて、頭の中に留《とど》まるのや」

真剣な表情で聞き入っていた助松は、多陽人の言葉が終わるや否や振り返り、

「お嬢さん、この歌を手本にしてください」

と、昂奮《こうふん》冷めやらぬ声で言った。

「助松はん、歌はまだ他にもあるんやで。短歌かてもう一首あるし、手習いの手本なら短歌の方が……」

と、言いかける多陽人に「いいんです」と助松は告げた。

「おいら、この歌を好きになったんで」

この歌を選んだ本当の理由は、もちろん父の日記に書かれていたからだ。初めから、何だかんだと理由をつけてこの歌を選び、しづ子に書いてもらおうと思っていた。

だが、今、口にしたことも本当だった。多陽人の言葉を聞くうち、助松には本当に鷹の姿が浮かび、その白いまだら模様の羽が見えてきたのである。

その気分を感じ取ったのか、

「分かりました。この歌を書くことにいたしましょう」

しづ子は異を唱えることなく、落ち着きを取り戻した声で答えた。

「ありがとうございます」

助松は二人それぞれに頭を下げた。

これで、父の帳面に書かれていた歌を知ることもでき、しづ子と多陽人の間の気まずさもどこかへ吹き飛んだ。と思いながら、助松がほっと安心したその時、

「なあ、助松はん」

と、多陽人が助松の顔をのぞき込むように声をかけてきた。

「さっき私が言うたようなお堅いありきたりの説明では、面白うないやろ」

思わず「はあ」とうなずきかけた助松は、背後にしづ子の眼差しを感じ取り、慌てて首を横に振った。

「い、いえ。そんなことは――」

「無理して気持ちを偽らんでもええ。こない意味のない歌、どこがええんや」

遠慮のない口ぶりで、多陽人は言った。あまりの言い草に驚きつつ、助松が恐るおそる振り返ると、しづ子の顔はすっかり蒼《あお》ざめていた。

「な、何ということをおっしゃるのですか。『万葉集』第一の歌詠みとも言うべき大伴家持公のお歌に対し、そのように不遜《ふそん》なことを」

唇を震わせながら、しづ子は抗議する。

「え、ええと」

この歌のいいところを挙げて、しづ子の心を和らげようと焦ったが、いざとなると何も出てこない。すると、

「私がひと工夫で、この歌を面白うしてみせまひょ」

多陽人は悪戯《いたずら》っぽい目をして言った。そして、ほんの僅かの間《ま》を置いた後――。

ご公儀の 治める江戸は 贅沢《ぜいたく》の 虫も逃げ出す それゆえに 金貯まるかと
思いきや 金は貯まらず 天高き 秋が来《き》たれば 侍は 野を馬で駆け
鷹狩りを 楽しむけれど 百姓は 育てた稲を この年も 年貢に取られ
馬肥ゆる 秋といえども 身は痩せ細る

先の歌に合わせて、ちゃんと長歌になっている。意味は説明されるまでもなく理解できた。

「それって、たった今、考えつかれたんですよね」

助松は昂奮ぎみの口調で、多陽人に尋ねた。

「前に教えてくださった狂歌ってやつですか」

「狂歌はふつう短歌の形で作るもんやけど。ま、歌とはこうして楽しむもんどす」

にこやかに笑みを浮かべて言う多陽人の顔を、助松は尊敬の眼差しで眺めた。

「やっぱり葛木さまはすごいお方だなあ」

思わずしづ子がいることも忘れて口走ると、

「毒されてはなりませんよ、助松」

と、すかさずしづ子の声が飛んできた。

「狂歌は品格に欠けております。心美しく、真面目に生きようとする者は、そのようなものに触れるべきではありません」

きっぱりとしづ子は言い切った。その語気があまりに強かったせいか、さすがの多陽人も混ぜ返そうとはせず、無言のままである。

「助松、返事をなさい」

いつもの優しさはどうしてしまったのか、しづ子は厳しい声で言う。

「……はい」

助松はうな垂れつつ返事をした。

四

気まずくなってからは、和やかな会話をする雰囲気でもなく、三人は言葉を交わさず歩き続けた。

それでも、多陽人だけは何も気にしていないようで、

「ご公儀の治める江戸は……」

と、先ほど自分の作った歌に、おかしな節回しをつけて歌っている。公儀を批判する歌の内容にもはらはらするが、多陽人はどこ吹く風という様子。

しづ子はもはや注意しようともせず、多陽人の背を睨むようにしながら歩いている。

そんな険悪な道中も、やがて神田明神のにぎやかな門前が見えてきて、終わりを告げた。

(やっと着いた)

助松は肩の荷を下ろした思いで、ふうっと息を吐く。ちょうどその時、

「おや、どないしはりました」

少し前にいた多陽人がそう声をかけながら、通りの左端へと駆け出して行った。

男が一人、道端にしゃがみ込んでいる。しづ子と助松もすぐに多陽人の後を追った。

周りの人々も騒ぎ始めていたが、様子を遠回しに見ているという感じである。

「あ、申し訳ない。少し胃が痛み出して」

しゃがみ込んでいた男は顔を上げ、多陽人に返事をした。声はしっかりしているものの、顔色は悪く、額には脂汗も浮かんでいる。多陽人と同じ年頃の若い男で、二刀

をさした侍であった。

「立って歩くこともできまへんか」

多陽人がさらに問うと、

「今は少し」

と、若い侍は苦しそうに答えた。

「それは弱りましたなあ」

多陽人が形のよい眉を寄せると、

「実はこういう時に備え、私はいつも反魂丹《はんごんたん》を持ち歩いている。ご存じないか」

苦痛に顔をゆがめた侍が言った。

「それならば、私も飲んでおりますが」

多陽人が応じ、しづ子と助松は思わず顔を見合わせていた。

「生憎切らしてしまった。近いうちに買い求めようと思っていたのだが……」

侍は溜息《ためいき》を吐《つ》き、それからいっそう顔をしかめた。

「助松、そなた、反魂丹を持っておりませんか」

しづ子がすぐに訊いた。だが、客のもとへ行くわけでもない外出時に、店の品は持ち合わせていない。助松が頭《かぶり》を振ると、

「生憎、私も今は持っていなくて」

しづ子の溜息がそれに続いた。

「ご心配なく。反魂丹なら私が持っておりますよって」

その時、多陽人が明るい声で言い、懐から白い包みを取り出した。

「おお。金は払うゆえ、譲ってもらえまいか」

侍の表情がにわかに安堵《あんど》の色に包まれた。

「助松、そこの茶屋でお湯かお茶をもらって来なさい。支払いはこれで」

しづ子がすぐに自らの巾着から銭を取り出し、助松に渡した。

「はい。ただいま」

助松は茶屋まで走って女中に事情を話し、ぬるめの湯を茶碗《ちゃわん》にもらって駆け戻った。

「お湯をもらって来ました。どうぞ」

跪《ひざまず》いて侍に渡すと、「おお、かたじけない」と侍が茶碗を受け取った。黒い丸薬の反魂丹をもどかしそうに口に放り込むと、急いで湯で飲み下した。

それから、侍は目を閉じてしまった。

「しばらくすれば治まってきはると思いますが」

しゃがみ込んで侍の体を支えている多陽人が、しづ子と助松を見上げるようにして言う。

「葛木さまは、これから御用の向きがおありなのですね」

しづ子の問いかけに多陽人はうなずいた。

「これから、神田のとあるお客はんに呼ばれてますのや」

と言う。伊勢屋の主人もそうだが、多陽人を家へ招いて占いを頼む客が待っているのだろう。

「分かりました。この方のお世話は私たちが引き受けますので、葛木さまはもうお行きください」

しづ子は頼もしげな口ぶりで請け合った。しづ子から目配せされ、助松は多陽人に代わって侍の体を支える位置に移動する。が、多陽人と場所を取り替える前に、

「私はもうしばらくすれば、一人で動けるようになるゆえ、放っておいてください。本当に助かりました。反魂丹の金をお支払いせねば……」

侍が目を開けて言い出した。

「いえ、一包みくらい金は要りまへん。その代わり、反魂丹を買う時は日本橋の薬種問屋伊勢屋でお願いいたします」

多陽人は調子よく伊勢屋を売り込む。

「何と、貴殿は薬種問屋のお人でしたか」

侍が一瞬、痛みも忘れた表情になり、目を見開いて問うた。

「いいえ、私は伊勢屋はんの客どす。伊勢屋はんはこちら」

そう言って、多陽人はしづ子と助松を目で示した。

「そちらが薬種問屋の方であられたか」

侍はしづ子と助松を交互に見ながら言う。

「ほな、私は用向きがありますさかい、これにて」

多陽人は侍の体を助松に預け、立ち上がった。

「せめてお名前だけでも教えてもらえまいか」

侍は慌てて言うと、

「私は大友主税《おおともちから》。大きいに友、主税寮《ちからのりょう》の主税と書く。とある藩の禄《ろく》を食《は》む者だが、今は江戸にて勉学中だ」

と、先に名乗った。しかし、

「私は名乗るほどの者でもおへんさかい」

多陽人はそう応じただけで、頭を下げるとさっさと歩き出す。すると、遠巻きにしていた見物人たちの間にどよめきが走った。人助けをした男の顔をよく見てみたら、とんでもない美貌の持ち主だったと気づいたゆえの驚愕《きょうがく》である。

「大事ございませんか」

しづ子は大友主税と名乗った侍に目を向け、優しく尋ねた。

「まことにご迷惑をおかけして面目ない。少し楽になってきたゆえ、もう付き添ってていもらわずとも」

「いえ、お一人でお帰りになれるまでは」

しづ子は落ち着いた声で言い、主税を支えている助松にも大丈夫かと尋ねた。

主税は座り込んではいたものの、体ごと助松に預けているわけではなかった。子供の助松に負担をかけまいとしているせいもあったろうが、徐々に顔色もよくなってきている。

ややあってから、主税は上体を起こすと、助松の介添えもなく立ち上がった。

「いや、まことに助かり申した」

しづ子に向かって深々と頭を下げる。立ち上がると、主税は上背があり、がっしりした体格の持ち主だった。

「いえ、私どもはただ付き添っていただけでございますし」

しづ子は慎《つつ》ましく目を伏せて答えた。

「いや、それこそがかたじけないことでござる。反魂丹をお分けくださった方の名を伺えなかったのは残念だが……。あなたは日本橋伊勢屋のお嬢さんということでよろしいのだろうか」

「はい。私は伊勢屋平右衛門の娘でしづ子と申します。こちらはうちの店の助松と申す者」

しづ子が軽く頭を下げて名乗った。

「あの方は伊勢屋の客と申しておられたが」

主税は多陽人についても尋ねてきたが、本人が名乗らなかったものを、勝手に言うわけにもいかず、しづ子は軽くうなずき返しただけであった。

「あの方にも礼をしたいが、まずは伊勢屋さんに御礼を申し上げねば。今日はこのような容態ゆえ、ここで失礼するが、必ずや店へ伺おう」

「いえ、今日のことはお気遣いなさいませんよう」

しづ子が恐縮して言っても、主税は「いや、必ず参る」とくり返した。

「それにしても、反魂丹の効き目はすばらしい。魂を反《かえ》すとはよく言ったものだ」

つい先ほどまで気を失いそうだったのに——と、今では笑みすら浮かべながら主税は言う。

もはや具合もだいぶよくなったようであった。苦痛に顔をしかめていた時は分からなかったが、こうして平常心を取り戻した主税は、なかなか凛々《りり》しい顔立ちをしていた。えらが張り角ばった顔は男らしく、太い眉は意志の強さをうかがわせる。色は浅黒く、笑みを浮かべていないと少し怖そうに見えなくもない。

その時、助松は鈍い衝撃のようなものを受けた。

（あれ、このお方、何となくお父つぁんに似ているような……）

もちろん年齢も離れているし、何より相手はお侍で、口に出せば失礼な話になる。ただ、一瞬、厳《いか》つい父の顔に重なって見えたのは確かだった。だが、しづ子は何とも思っていないようだし、よくよく見れば、そっくりというわけでもない。

「『大君《おほきみ》の和魂《にきたま》あへや』ではないが、魂があちらへ行ってしまったらどうしようかと思っていた」

何げなく主税が漏らした一言に、しづ子は「まあ」と驚きの目を瞠《みは》った。

「それって、『万葉集』のお歌ではありませんか」

しづ子が言うと、主税の方も驚いた表情を浮かべた。

「今の部分だけで、話が通じるとは思わなかった」

「私は賀茂真淵先生について、歌や古典を学んでいるのでございます」

「何と、そうであったか。賀茂真淵先生のこと、無論、お名前は存じている。ご著作もいくらかは目を通した」

「大友さまは歌におくわしいのですね」

しづ子は目を輝かせて尋ねた。主税は「いや、それほどでは」と謙遜する。

「ただ、私の故郷では歌をよくする者が多く、特に『万葉集』は好まれているので……」

少ししゃべりすぎたと思ったのか、主税はそこで口を閉ざした。しづ子は主税の故郷について踏み込もうとせず、さりげなく話を元へ戻す。

「今の歌は、挽歌《ばんか》でございましたか」

「ああ、さようだ」

主税は先ほど口にした歌を、改めて口ずさんだ。

大君《おほきみ》の　和魂《にきたま》あへや　豊国《とよくに》の　鏡の山を　宮と定むる

「大友さま」

しづ子は丁重な物言いで切り出した。

「この助松は歌に興味を持ち、学びたいと思っている者なのです。どうか、その歌の意味について、簡単に教えてやってはくださいませんか」

「そうであったか」

しづ子から頼まれ、主税は嬉しそうに助松を見た。

「この歌は大君が亡くなった時に作られた歌なのだ。和魂《にきたま》とは穏やかな魂を指す言葉で、『亡くなった大君の御心《みこころ》に適《かな》ったからか。豊前《ぶぜん》の鏡山《かがみやま》を永久《とこしえ》に住まう宮、つまり墓と定めた』というような意味だ」

主税の言葉に、しづ子が満足そうな様子で幾度もうなずいていた。どうやら、主税の歌に対する考え方や態度は、葛木多陽人と違って、しづ子を苛立《いらだ》たせるものではないらしい。

「人は亡くなっても魂は永久に在《あ》る、昔の人がそう考えていたことが分かる歌でございますね」

しづ子の言葉に、主税がゆっくりとうなずき返す。

その時になって、しづ子ははっとした様子で顔色を変えた。

「まあ、私ときたら、大友さまはお加減がよろしくないのに引き止めてしまって」

「いや、もう大事無いのだが、まあ、今日はこれにて失礼させてもらおう」

主税は最後にもう一度、必ず伊勢屋へ参ると約束し、礼を述べて去って行った。

「あの方、能登か富山の方ではないかしら」

神田明神の門前で主税を見送りながら、しづ子は小声で助松にささやいた。

「どうしてそう思われるんですか」

助松は首をかしげて問い返した。

「故郷では皆が歌をよくするとおっしゃっていたでしょう。特に『万葉集』が好まれているって」

「はい。でも、それだけでどうして？」

「能登や富山は越中国よ。越中は大伴家持公が国守として赴任していた国なの」

しづ子は大事なことを打ち明けるような口ぶりで告げた。

「あ、さっき教えていただいた歌もそうでしたよね。『しなざかる越』って」

「そうなの。だから、能登や特に富山は大伴家持公に馴染《なじ》みの土地として、『万葉集』に親しむ風土なんだって、聞いたことがあるわ」

「だから、大友さまが能登か富山の……」

と、言いかけた助松は重大なことに気づいた。

「そういえば、あの方、大友さまって」

「そうなのよ。家持公の『大伴』とは字が違いますけれど、お名前からして『万葉集』にゆかりの深いお方よねえ」

しづ子は何となく嬉しそうだ。

（越中のご出身かもしれなくて。名前も大友で、歌にくわしいなんて）

しづ子が興味を持つのも分からなくない。が、助松は助松で、大友主税が気になっていた。

なぜか懐かしいような気持ちさえするのは、一瞬でも父に似ていると思ったからか。

（大友主税さま、あの方は一体……）

どうしても目をそらす気持ちになれず、主税の背中が小さくなっていくのを、助松はじっと見つめ続けていた。

第三首　わが園に

一

必ず伺うと固く約束した大友主税《ちから》が、伊勢屋にやって来たのは一月も終わりの頃であった。

「失礼するが、こちらは薬種問屋の伊勢屋さんで間違いないだろうか」

主税を初めに出迎えたのは別の小僧であったが、番頭の指示で、すぐに助松が応対するように、と代えられた。

「お嬢さんとお前に助けてもらったお礼に来られたそうだ。とにかく客間へお通しし、まずは旦那さんとお嬢さんにお前が知らせてきなさい」

番頭の言葉に従い、助松は主税を奥の客間へと案内した。

「本当に来ていただけるなんて。お嬢さんがお喜びになります」

助松が言うと、主税は「いや」と申し訳なさそうな表情を浮かべた。

「三日のうちには伺うつもりであったのだが、何やかやの所用で延びてしまった。恩人に対し、失礼をいたした」

道に倒れていた先日とは異なり、いかにも精悍《せいかん》で頑健そうな若武者ぶりである。美しく剃《そ》り上げられた月代《さかやき》も清潔感にあふれていた。

「お加減の方はいかがですか」

助松が問うと、主税は破顔して、

「ああ。それはもう何の問題もない。今日はこちらで反魂丹《はんごんたん》をいくらかもらっていこうと思う」

と、明るく答えた。太い眉の厳《いか》つい顔は同じだが、笑うとそれも和らいで見える。

「それはありがとう存じます」

愛想よく返答をするうちに、客間に到着した。主税を中へ通した後、助松はまず主人平右衛門のもとへ行き、それからしづ子の部屋へ赴いて、来客のことを知らせた。

「まあ、大友さまが本当に来てくださったのですね」

案の定、しづ子は喜び、主税との対面を拒まなかった。平右衛門も特に止めなかったので、しづ子は支度を調えてから、客間へ出向くと言う。

平右衛門と助松は先に客間へ向かった。

助松はそこで店へ戻ろうとしたのだが、主税が助松の同席を望んだため、残ることになった。

「大友主税と申す。この度はこちらの店のお嬢さんと助松さんに、危ういところを救っていただいた。伊勢屋のご主人には改めて礼を申し上げる」

主税は平右衛門を前にするなり、深々と頭を下げて挨拶した。

「これはご丁寧に痛み入ります。娘と助松より事情はお聞きしました。しかし、この度のことは二人がお救いしたというより、葛木多陽人さまと反魂丹のお手柄であると存じますが」

「あの御仁は葛木殿と申されるのか。お名前も存じ上げず、今日はこちらでお引き合わせを願おうと思っていた」

「そうでございましたか。葛木さまはうちのお客さまでございますので、改めてお引き合わせすることもできますでしょう」

「そうしてもらえるとありがたい。この先は、私も伊勢屋の客となるつもりゆえ」

「こちらこそ、ありがたいお言葉にございます」

平右衛門が頭を下げ返したところへ、客間の外から「失礼いたします」と遠慮がちな声がかかった。

「入りなさい」

平右衛門の声に続いて、襖《ふすま》が開けられ、しづ子が姿を見せた。父の傍らに座って、

「先日は失礼をいたしました。今日はわざわざのお運び、ありがとう存じます」

と、主税の前に頭を下げた。いつもより余所《よそ》行きの声であるように、助松の耳には聞こえた。

「こちらこそ、先日はたいそう世話になった。今日は改めてその礼に参った次第」

主税も頭を下げると、傍らに置いていた風呂敷を開き、まず木箱を一つ平右衛門に差し出した。

「これは桔梗屋《ききょうや》の菓子でござる。先日の礼としてお納めくだされ」

桔梗屋は日本橋にある有名な菓子屋であった。それから、主税はしづ子に錦の細長い小さな袋を、助松には真っ白な半紙の束を紐《ひも》でまとめたものを渡した。

「大した礼ではござらぬが、お嬢さんは賀茂真淵先生のお弟子であり、助松さんも歌を学んでいると聞いたゆえ。日々の研鑽《けんさん》のため、少しでも役に立ててもらえれば」

しづ子が受け取った袋の紐をほどいて、中身を取り出すと、出てきたのは筆であった。

しづ子には筆、助松には紙――先日の話を踏まえ、気の利いた贈り物である。

「すばらしいお品をもったいのうございます」

しづ子は嬉《うれ》しさに頬を染めて礼を述べた。

「おいらまで、こんなお品をいただいてよろしいのでしょうか」

助松は主税と平右衛門の顔を交互に見やりながら問うた。嬉しい反面、戸惑いもある。大店《おおだな》の娘であるしづ子が大事に扱われるのは当たり前としても、小僧である自分がここまでしてもらう謂《いわ》れはない。助松はあの時もただ、しづ子の指示通りに動いただけなのだから。

過分な親切を与えられると、ありがたいより、申し訳ない気持ちと疑問の方が先に立つ。

「何を言うのだ。助松さんには世話をかけた。手習いの役にでも立ててほしい」

という主税の言葉を受け、

「大友さまがここまで言ってくださるのだ。ここはありがたく頂戴して、お前がしっかりと学ぶ糧《かて》としなさい」

と、平右衛門が穏やかな声で言う。助松は「はい」と返事をし、

「ありがとう存じます。大切にいたします」

と、主税に頭を下げて、紙の束をありがたく受け取った。顔を上げると、主税の優しさと温《ぬく》もりのこもった目にぶつかった。

（えっ……？）

他人の優しさを知らぬわけではない。父を亡くした助松を引き取ってくれた平右衛門をはじめ、しづ子も優しくしてくれる。だが、その手の優しさと何かが違う気がした。主税が今自分に向けている眼差《まなざ》しは、平右衛門やしづ子や葛木多陽人のものとは根本が違う。あえて、この眼差しに近い目を向けてきた人物といえば――。

助松の考えがちょうどどこかへ到達しようとしたその時、

「ところで、ご主人にお嬢さん」

　主税の目は助松からすっと離れ、平右衛門としづ子へ向けられてしまった。

「実は、大変厚かましいことながら、お二方に願いたき儀がある」

　改まった様子で言い出した主税に、平右衛門としづ子も表情を変えた。助松の思考もいったん閉ざされ、主税の口もとに注目する。

「実は、お嬢さんにはお話ししたが、私も歌を学ぶ身。お嬢さんが賀茂真淵先生のお弟子と聞き、叶《かな》うならば弟子入りしたいと考えた」

　主税の熱心な言葉に、しづ子の口から「まあ」と驚きの言葉が漏れた。

「とはいえ、将軍家ご連枝の師であられる賀茂真淵先生に、たやすく弟子入りできるとは思うておらぬ。それゆえ、まずはお嬢さんに私の足りぬところをご指摘いただき、導いていただけまいか」

「それは、娘から歌の手ほどきを受けたいということでございましょうか。娘には人さまを導けるほどの知恵も技量もあるとは思いませぬが」

　平右衛門がやんわりとたしなめるような口ぶりで言う。すると、主税はそれまでに勝る熱心さを見せて、さらに言い募った。

「無論、お嬢さんと相対《あいたい》して、私が教えを受けるようなことは障《さわ》りもあろう。私に足りぬものを見極めていただくには、多少の時がかかるだろうが、文《ふみ》のやり取りでもかまわぬ。歌の道の上達のためにはいかなる書物を読めばよいか、教えていただいたり、能《あた》うなら歌の添削などもしていただけると……」

「父さま」

この時は、平右衛門より先に、しづ子が口を開いた。

「大友さまは賀茂先生の弟子というだけで、私のことを買い被《かぶ》っておられます。けれども、賀茂先生から教えていただいたことを大友さまにお伝えすることで、私自身も学び直せます。相対してお話をするのでも、文のやり取りでもかまいません。私もまた、同じ道を志すお人と研鑽を積みとうございます。どうか、許してください」

しづ子は平右衛門の方に向き直り、深々と頭を下げた。それを見て、主税もまた、しづ子に倣《なら》い、額が畳につくほど深く頭を下げる。

「大友さま、おやめください。お武家さまがさように頭を下げてはなりません」

「いや、私は侍として頭を下げるのではない。歌を志す未熟な身として、大学者のお弟子とその父君に頭を下げている」

「お武家さまにこうまでされては、お断りするわけにいきませぬな」

最後には平右衛門が折れた。

「相対する場合は、うちの客間を使ってくださってかまいません。ただし、女中か小僧か、誰かをそばにつかせます。それでよろしいのであれば」

「無論、私はかまわぬ。ただ、こちらの迷惑にならぬよう、なるべく文のやり取りで済ませるようにしよう」

「いえ、うちへの遠慮は要りません。研鑽のため客間をお使いください」

平右衛門の申し出を、主税はありがたく受け、しづ子もうなずいた。

「それでは、これより後はよろしくお頼み申す」

と、主税がしづ子に向かって頭を下げ、話は終わった。やがて、辞去を申し出た主税を、助松が送っていくことになった。

その時、しづ子が助松を呼んだ。

「そなたに渡したい手本ができたので、後で私の部屋まで取りに来てちょうだい」

「承知しました」

その時一緒に渡すというので、主税からもらった紙の束もいったんしづ子に預かってもらうことになった。

助松は主税を案内して再び店前《たなさき》まで戻り、主税は反魂丹を十ほど買い求めた。

「お気をつけてお帰りください」

店前で頭を下げる助松に、主税は穏やかな表情を向けた。

「助松さんが歌を習いたいと思ったのには、何か理由があるのか」

突然、主税はそう尋ねてきた。思わずどきりとする。その本当の理由は断じて、誰にも知られるわけにはいかない。

「こちらのお嬢さんが歌をよくされるので、うちの奉公人は皆、何となく歌を身近に感じているんです」

「それでも、助松さんみたいに熱心に学ぼうと思う者はいないのではないか」

主税は妙につついてくる。

「はい。確かにおっしゃる通りなんですけれども」

助松は慌てることなく、万一の時に備えて、考えておいた理由を口にした。

「お嬢さんが節をつけて歌っているお声を聞いた時、心を大きく揺さぶられたんです。それで、もうちょっと歌のことを知りたくなりました」

「そうか。その年で、歌をしっかり学ぼうと思う気持ちは立派なものだ」

あまりに褒められると、こそばゆいというか申し訳ない気持ちになる。本当は歌を学ぼうなどとは、まったく思っていないのだから。だが、父の日記の秘密が分かるまでは、本心を悟られるわけにはいかなかった。

「私も研鑽を積むつもりだ。助松さんも励むのだぞ」

と言って、主税は去って行った。その背が人込みに消えるのを待ち、助松は店へ戻った。

二

その後、しばらくの間、助松は店の仕事をして時を過ごした。

助松の主な役目は、客の相手をする手代のそばに付き、注文を受けたら、その品物を取りそろえることである。伊勢屋では客に薬の説明をするのは手代の務めであり、小僧が代わりをすることは禁じられていた。店での小僧は必ず手代と組になり、手代の仕事ぶりをそばで眺めながら、そのやり方を覚えていく。

伊勢屋に来て、まず初めに言われたのは、薬の種類と数を決して間違えないようにということだった。

「そんなことは当たり前だと思うかもしれんが、他のものを売る店とは重大さがまるで違う。油の量や、野菜や菓子の数を間違えたところで、人の生き死ににには関わるまい。が、薬は人の命に関わる。そのことだけは肝に銘じておきなさい」

平右衛門からも番頭からも、そして、身近な先輩の手代たちからも口を酸《す》っぱくして言われた。

「手代を数年務めた者は、いずれ薬の調合も任されるようになる。その時、どれだけの慎重さを身につけていられるかは、小僧の時にどんな仕事ぶりをしたかで決まる」

そんなことも聞かされた。伊勢屋の中で、薬を調合する手代は他の皆から尊敬の目で見られている。

「お前のお父《とっ》つぁんは薬の調合もできたんだ」

そう教えられれば、誇らしくもなった。いずれは自分も薬の調合ができるようになり、伊勢屋の役に立つ奉公人になりたいと思っている。

助松は主税を送り出した後、すぐに手代の庄助と組になり、お客の応対をした。体が空いたのは、庄助が休憩に入った時である。本来なら控えとして店に残るところだが、助松はしづ子に呼ばれているからと番頭に断り、奥の部屋へ向かった。

「お嬢さん、遅くなって申し訳ありません」

いつものように文机《ふづくえ》に向かっていたしづ子は振り返って、「いいのよ」と優しく言った。

「これが、お手本よ。少し長いけれど、頑張って書き写してくださいね」

「ありがとうございます」

助松は声を弾ませて言い、しづ子の書いてくれた手本を受け取った。しづ子の繊細な筆遣いで、例の長い歌が書かれている。

「葛木さまが歌ってくださった『あしひきの』の歌ですね」

何げない調子で助松は言った。

「ええ、そうでしたね」

途端に、しづ子の声が不機嫌そうなものになった。

「歌は完璧に覚えておいでですしたけれど、説明は大雑把だったわ。それに、とんでもない内容の歌に作り替えてしまうなんて。歌を汚すような行いです」

しづ子は憤慨している。

「え、ええと。葛木さまの替え歌はよく考えれば、この歌とは意味が違っていますよね」

助松はたった今、渡されたばかりの手本を示しながら言った。

「あのようにふざけた歌を、大伴家持公のお歌と一緒に語るなど話になりません」

しづ子の憤りはなかなか収まらぬ様子であった。

「あの方のお名前、多陽人さまとおっしゃること、そなたも知っていますよね」

しづ子の話は歌からそれていった。

「はい。それは知っていますけど」

「どういう由来で、多陽人とおっしゃるのかは存じませんが、大伴家持公の父君も、字は違えど旅人《たびと》さまとおっしゃるのです」

「そうだったのですか」

その話は初耳だったので、助松は本心から驚いた。

「ええと、大伴家持公はすばらしい歌人なのですよね」

これまで何度かその名を耳にしたことを思い出し、助松が問うと、しづ子は大きくうなずき返した。

「もちろんそうです。『万葉集』を完成させたと言われるのは、家持公なのですもの」

しづ子は続けて、『万葉集』の中で最も歌の多い歌人が大伴家持であること、その歌が濃《こま》やかで深い人の心情を詠《よ》んだものであること、名人たちのことを「歌仙《かせん》」というのだが、その三十六人の中の一人に選ばれていること、などを熱心な口ぶりで語り出した。こういう時のしづ子はとても早口になる。

「父君の旅人公もすばらしい歌人だったのですか」

助松はしづ子の話が途切れる隙を狙って、何とか口を挟むことができた。

「当たり前ではありませんか」

しづ子の熱意はまったく冷めていない。

「家持公は歌の心得というものを、父君から教えられたのだと思います。もっとも、その旅人公の妹君、つまり家持公の叔母上《おばうえ》が坂上郎女《さかのうえのいらつめ》というお方なのですが、この方がまた『万葉集』の中でも一、二を争うすばらしい女人の歌詠みでいらっしゃって、家持公はこの坂上郎女さまの教えも受けておられるのですよ」

「皆さま、歌を詠むのが得意だったんですね」

しづ子の話は次第に興味深いものとなっていった。大伴氏の歌人たちのことについて、もう少し聞いてみたいという気持ちはあったが、ずっとそうしているわけにはいかない。ただ、助松にはどうしても今訊《き》いてみたいなと思うことがあった。

「葛木さまのお名前は、やっぱり大伴旅人公に因《ちな》んでいるのでしょうか」

「さあ、存じません」

たちまち、しづ子の声の調子はそっけないものとなる。

「ですが、それならば、あの方のなさりようは旅人公のお名前を汚すようなことです」

「狂歌は……そんなにいけないことなんですか」

助松が素朴な疑問をぶつけると、

「……いえ、別にいけないというわけではありませんし、そんなふうに言うのは思い上がったことなのかもしれませんが」

しづ子の物言いは急に歯切れが悪くなった。

「あのう、お嬢さん。できたら、大伴旅人公のお歌を教えていただけませんか」

助松が頼むと、しづ子はぱあっと顔を輝かせた。

「そうねえ。大伴旅人公のお歌もたくさんあるのよ。恋の歌もあるけれど、そなたにはまだ早いでしょうし」

しづ子はうきうきと楽しそうである。そのうち、ふと思い出したという様子で文机の方に向き直ると、その前の障子を開けた。

四角く切り取られた外の景色が目に飛び込んでくる。そして、すがすがしい春の気配と甘い香りが部屋の中に運び込まれた。

「わあ、ここから庭の梅が見えるのですね」

外に目を向けた助松は感嘆の声を上げた。

梅の木は小さな愛らしい真っ白な花をつけている。

「きれいでしょう？　毎年、この季節にはお部屋から白梅の花を見ることができるの。この花を見ながら、梅の歌を作るのが私の楽しみなのです」

「お嬢さんのお歌があるのなら、それも教えてほしいです」

すかさず言うと、しづ子はとんでもないという様子で大きく頭《かぶり》を振った。

「それは無理よ。私の歌なんて、そなたの導きになるようなものではないのだから」

それよりも――と、しづ子は声に力をこめた。

「大伴旅人公のお歌に、梅の花を詠んだものがあるの。それを教えましょう」

「ありがとうございます」

「梅の花は旅人公に限らず、『万葉集』の頃は多くの人が歌に詠んでいるの。その中で、梅の花がどう言われているかというとね」

そう前置きした後、

「初春《しょしゅん》の令月《れいげつ》にして、気淑《よ》く風和《やわら》ぎ、梅は鏡前《きょうぜん》の粉《ふん》を披《ひら》き、蘭《らん》は珮後《はいご》の香《こう》を薫《かお》らす」

まるで祝詞《のりと》でも唱えるような格調の高さで、しづ子は告げた。これは、梅の宴で詠まれた歌の前に書かれている題詞なのだという。

「どういう意味ですか」

「気持ちよく風の和やかな初春に、梅は女人が鏡の前でおしろいの粉をはたくように花開き、蘭の花は香り袋のように薫り立つ——というような意味でしょうね」

蘭の花とは藤袴《ふじばかま》のことで、これは香りのよいことで有名なのだと、しづ子は説明を続ける。

「梅の花もこうしていると、香りがよいように思いますけど」

「そうね。でも、藤袴はそれ以上なのでしょう」

「おしろいの粉をはたくって面白い喩《たと》えですね。思ったこともありませんでした」

助松が驚きをこめて言うと、「私もよ」としづ子はうなずいた。

「おしろいを初めて手にする時って、大人に憧れて少し背伸びする少女の頃ではないかしら。それにね、昔は男の人もおしろいをしたから、女の人に限ったことではなかったの。春まっ先に咲く梅は、その愛らしさがちょうど、おしろいを付けて変貌する少年や少女のようだって、言っているように思えるわ」

おしろいをつけて着飾った少女の初々《ういうい》しい姿が、障子の向こうに見える白梅に重なって見える。架空の少女の面影がしづ子自身のように見えて、助松ははっと梅の花からもしづ子からも目をそらした。

「旅人公のお歌はこういうのよ」

しづ子は助松の方に向き直ると、静かに目を閉じて、一首の歌を吟じた。

わが園《その》に　梅の花散る　ひさかたの　天《あめ》より雪の　流れ来るかも

「我が家の庭に梅の花が散っている。まるで久しぶりに空から雪が流れてきたようだ――というような意味ね」

「この歌では、花を雪に喩えているということですか」

「ええ。この家の庭に咲く白梅の花も、風に散る姿はそう見えるかもしれないわ」

しづ子は目を開くと、にっこり微笑《ほほえ》んだ。

「いいお歌ですね」

助松はしみじみと呟《つぶや》いた。特定の歌を「いい」と思ったのは初めてのことである。

しづ子の歌声をすてきだと思ったことはあるが、歌そのものをいいと思ったわけではない。父の日記に書かれている歌についても、意味を知りたいと強く願いはしたが、心を動かされるようなことはなかった。

「そなたはこの歌のよさがちゃんと分かるのね」

しづ子の顔が喜びの色に包まれた。

「え、分かるっていうほどじゃありませんけど」

助松は困惑ぎみに言い返したが、しづ子は取り合わなかった。

「よかったわ。そなたが葛木さまに毒されてしまったらどうしよう、と心配していたのよ」

「でも……。おいら、葛木さまのこと、好きですけど」

助松は目を伏せ、遠慮がちに言った。すると、しづ子ははっとしたような表情を浮かべ、

「私だって、別に……あの方のことを嫌いと言っているわけじゃありませんよ」

と、躊躇《ためら》いがちに言う。

「でも、お嬢さんが葛木さまのことをお話しになる時って、いつでも怒っていらっしゃるように見えます」

「それは、あの方が狂歌などを作ったりして、和歌の本道を軽んじていらっしゃるから……」

あの大友さまのように真摯な態度で歌に向き合ってくださるのなら、私だって――

と、しづ子の声は次第に小さくなっていく。

「大友さまは真面目《まじめ》なお方ですよね」

「ええ、本当に。それに、助松や私にもそれぞれ贈り物をお持ちくださって、ご親切なお方です。礼節をわきまえていらっしゃるし、さすがに武家のお方は違いますね」

しづ子は弾むような声で言った。

「確かに、大友さまはお優しい方です。でも、何だか……」

助松は言いよどんだ。

「助松は、あの方のどこかが気に入らないと言うのですか」

問いただすような口調で、しづ子が訊く。

「いえ、そういうわけじゃないんですけど」

何か気になる、ということをうまく言うことはできなかった。

「大友さまはまだお会いしたばかりの方じゃないですか。だから、まだどんなお人かはよく分からないかなって」

「何を言うのです。人柄というのは、対面して言葉を交わせば分かるものです。あの方はご立派なお方」

「で、でも、葛木さまだって立派なお方だと、おいらは思います。旦那さんの腰痛を治してくださったし、歌にだってとてもおくわしいですし」

「そうだとしても、大友さまはきちんとしたお武家の出で、葛木さまとはご素性が違うでしょう」

「葛木さまのお家は陰陽師《おんみょうじ》を代々受け継がれてきたって聞きました。昔は京都で官職にも就いていたお家だって」

助松は懸命に多陽人の肩を持ったが、しづ子はそっと溜息《ためいき》を漏らしただけであった。

「それは昔のお話でしょう。確かに、お血筋は立派なものなのかもしれませんが、ならばなおのこと、今の体《てい》たらくが情けないという話になります。ご先祖さまに申し訳ないと、あの方はお思いにならないのかしら」

どんなに長所を並べても、またどんなに庇《かば》っても、助松の言葉はしづ子に届かないようであった。

「私は以前、賀茂真淵先生にお引き合わせしましょうかと、葛木さまに申し上げたことがあったのです。そうしたら、あの方、何と申したと思いますか。私は真面目くさった歌には面白みを感じない。だから、師匠につくつもりもまったくない。そう言ったのですよ」

「そんなことが……あったんですか」

しづ子の親切心をむげに斥《しりぞ》けた葛木多陽人。

片や、自らしづ子の師匠に師事したいと願い出た大友主税。

しづ子が大友主税を好ましく思う原因は、そこにあったのかと、助松は思った。

「賀茂先生に対する葛木さまの不誠実な言葉、私は一生、忘れません」

しづ子は激しい語気で言う。

「あのう、お嬢さん」

おずおずと、助松は言った。

「葛木さまは誠実なお人だと思います」

「どこが誠実だというのですか」

「正直だからです」

助松は勇気を出してきっぱり言った。

「断れば、お嬢さんが気分を悪くすると分かっているのに、ご自分の気持ちを正直におっしゃるのは、誠実ってことなんじゃありませんか」

助松の言葉に、しづ子は愕然《がくぜん》とした様子で黙り込んだ。その唇は軽く震えていたが、もう何の言葉も紡ぎはしなかった。

「申し訳ありません。生意気なこと言って」

助松は慌てて頭を下げた。しづ子の手本と大友主税からもらった紙の束を手に、

「失礼します」と言って部屋を飛び出す。

廊下に出てからも、つい今し方、しづ子の肩越しに見えていた白梅の花が助松の瞼《まぶた》

の奥で揺れていた。本当にきれいだったな、と思ったその時、甘く優しい香りが鼻先をよぎっていったような気がした。

三

大友主税が伊勢屋へ出入りするようになって、ひと月ほどが過ぎた。庭の梅もすでに散り、桜がほころび始めた二月下旬、しづ子は客間で大友主税と顔を合わせていた。

それまでに四回ほど伊勢屋の客間で勉強会をし、文のやり取りもした。しづ子が賀茂真淵から教えられた数々のことをしたためて送ると、主税からは質問を列挙した文が返されてくる。しづ子はそれに対して懇切丁寧に答え、分からないことは調べ、それでも分からないことは賀茂真淵に尋ねるため、紙に書き留めておいた。

（大友さまは歌に対して、とても真面目で熱心なお方だわ）

そういう人物を相手にするのは、しづ子とて楽しくないわけがない。会って話す時にはついつい話に熱が入り、返事をしたためる文はつい長くなる。

だが、そうして親しくなってもなお、主税はどこの藩の侍なのか、しづ子に明かそうとしなかった。少し気になったしづ子はこの日、付き添いの女中が茶を淹《い》れ替えに席を立った機をとらえ、思い切って尋ねてみた。

「もしや、大友さまは能登か富山のご出身なのではありませんか」

するると、主税はその通りだとあっさり認めた。

「私は富山藩士です。しかし、これまで富山の話など、一度もしたことがなかったはずだが、どうしてお分かりになったのだろう」

「それは、初めてお会いした時に……」

主税が故郷では和歌を学ぶ者が多いと言ったこと、呟いた歌が『万葉集』のものであったこと、越中が大伴家持ゆかりの地であることなどから、推測したのだと答えた。

「それに、これは関わりないのかもしれませんが、お名前が『大友』でいらっしゃるから」

「さすがはお嬢さんだ。もちろん、大友の名は家持公とは関わりないが、たったそれだけのことから、故郷の場所を探り当てられるとは思わなかった」

主税の声に称賛の響きが感じられたので、しづ子は恥ずかしくなって目を伏せた。

「ところで、富山といえば薬売り、反魂丹でも有名な土地だ。そして、この店は富山から反魂丹を仕入れている。そうでしたな」

主税が不意に声の調子を変えて尋ねた。

「はい。その通りにございます」

「十年前……」

　不意に呟かれた主税の声は、しづ子が聞いたこともないような低い声であった。

「えっ」

　しづ子は思わず顔を上げ、訊き返してしまった。

「十年前に、富山で何があったのか、そして、この店に何が起きたのか、お嬢さんはご存じか」

　主税の話はいきなり、しづ子の思いがけない方へ飛んでいった。

「急に、十年前と言われましても……」

　しづ子が七つの時である。忘れられないような出来事が特にあったわけでもない。店に何か大きな出来事が起きたということも耳にしてはいなかった。

「十年前、この店に大五郎という男が奉公人として現れたはずだ」

　主税はしづ子の返事を待たずに言った。

　しづ子は息を呑《の》んだ。

「大五郎さんは助松の父親です。大友さまはどうして、大五郎さんのことを知っておられるのですか」

「私が富山の出身だからですよ」

　としか、主税は答えなかった。主税の話はさらに続いた。

「大五郎さんが一年半ほど前、行方知れずになったことも知っている。他ならぬ富山で消息を絶ったことも」

しづ子は激しい驚きに、すぐには言葉も出てこなかった。だが、そんな場合ではない。どうしても訊いておかねばならぬことがあった。

「あなたさまは何者なのですか。この店に出入りし始めたのも、何か目的があってのことなのですか」

しづ子が震える声で必死に問うと、主税の頰に冷たい笑いが浮かんだ。

「何をおっしゃる。私に近付いてきたのはそちらであろう」

「確かに、事実はそうでした。でも、私たちはあなたさまがあの場所にうずくまっていなければ、お声をかけたりはしなかったでしょう。まさか」

あの場にうずくまっていたこと自体が、自分たちをおびき寄せる罠《わな》だったというのか——そう尋ねることはできなかったが、主税は何もかも承知した様子でうなずいた。

「薬というのは毒にもなるものでね。用い方によっては、体に痛みを引き起こし、顔色を悪くすることも、脂汗を噴き出させることもできる。特に富山はその方面で進んでいるからな」

「では、あの時、あなたさまはわざと苦しむような毒を飲んで……」

そこまでして自分たちの目を引き付けることに、どんな利があるというのか。しづ子にはさっぱり分からなかった。目の前にいる主税は、まるで見ず知らずの他人のように思われる。

「お嬢さんは薬種問屋の娘だ。道で苦しんでいる人を見れば、放っておくことはできまい。もっとも、お嬢さんより先に、連れの男が反魂丹を差し出してきたのには困惑したが」

本当はお嬢さんに助けていただいて、伊勢屋に入り込む手はずだったゆえ――と、主税は低い声で告げた。

「まあ、あの男は名乗りもせずに去ったゆえ、お嬢さんを恩人として持ち上げることができた」

「そして、大友さまは手はず通り、うちの店に入り込んだというわけなのですか」

では、歌を学びたいと思っているという話も、賀茂真淵先生に弟子入りしたいという話もすべて嘘《うそ》だったのか――しづ子はわななくような声で尋ねた。

「今さら、分かり切ったことを尋ねても意味はありますまい」

主税は暗い声で応じる。

「一体、何のために……」

しづ子の声も暗く沈んだ。

「それこそ、お嬢さんが私に訊くべきことだ。お答えしよう。すべては一年半前、富山での出来事が関わっている」

「一年半前……。では、大五郎さんが関わると?」

「さよう」

主税はおもむろにうなずくと、ほんのわずか身を乗り出すようにした。しづ子は思わず身を退《ひ》いていた。主税はかまわずに続ける。

「一年半前、富山で何があったのか知りたければ、お嬢さんが一人で、私と初めて会った場所へ来なさい」

「神田明神さんの門前ですか」

「さよう。ただし、誰にも言わず、一人で来ること」

「危険なことはないとお約束してくださるのですか」

そんな約束が何の意味もないと分かっていながら、しづ子は問わずにはいられなかった。せめてそう言ってもらえなければ、一人で出かけて行く勇気など持てはしない。

しづ子の問いに、主税は少し考え込むように沈黙した。それから前かがみになっていた姿勢を元に戻すと、

「よろしい」

と、おもむろに答えた。

「お嬢さんに危害を加えるつもりは毛頭ないし、そう約束しても差し支えない。ただし」

主税の両眼に力がこもった。その目はまるで仇《あだ》でも見据えるように、しづ子を睨《にら》みつけてくる。

もしや、この人は伊勢屋に何か恨みでも持っているのではないかと、しづ子は疑った。

「お嬢さんが来なければ、もしくはこのことを誰かに話したならば、助松さんの父親がどうなるか、それは知らぬ」

「それは、大五郎さんが生きているということですか。一年半もの間、姿を見せぬゆえ、もはや亡くなっているのではないかと、皆が言っておりますのに」

「今の私の言葉をきちんと聞いていれば、おのずと答えは分かるだろう。私の言葉を信じられないのなら、約束の場所へ来なければいい。助松さんの父親がどうなってもかまわないなら、私のことを誰にでも話せばいい」

主税は冷たく言い放った。

しづ子の声が泣き出しそうなほどか細くなる。

「そんな……」

「七つ（午後四時頃）の鐘が鳴るまでは門前で待とう」

そう言って立ち上がると、主税は傍らの両刀を腰にさした。

茶を淹れ替えに行った女中がまだ戻って来ていなかったが、引き止める気持ちにはなれなかった。今さらどんな顔をして、和やかに茶など飲めるというのか。

主税が襖《ふすま》の方へ歩き出した時、廊下側から「失礼します」と声がかかり、女中が部屋へ入ってきた。

「まあ、お帰りでいらっしゃいますか」

女中が驚いた目を主税に向ける。

「うむ。急用ゆえ失礼する」

主税は淡々と言い、部屋を出て行った。

「お待ちください」

女中はしづ子の前に盆を置くと、「お客さまをお送りしてまいります」と断り、慌てて主税の後を追って行った。

しづ子は部屋に一人になった。頭の中が混乱している。

主税のことを信頼しかけていただけに、その本音を聞かされたのは衝撃であった。

主税は何者なのだろう。もしかしたら大友主税というのも本名ではないのかもしれない。

(物腰からして、お武家さまであるのは間違いないと思うのだけれど)

だが、曲がりなりにも侍を名乗る者が、道に外れた行いをするだろうか。

(大五郎さんの身柄を捕らえているような口ぶりだった)

ならば、大五郎は主税の敵ということか。いや、大五郎というより伊勢屋のことを、主税は敵と見なしているのかもしれない。それを裏付けるように、主税の自分を見る眼差しは刺々《とげとげ》しく冷たかった。

（だとしたら、富山の薬をめぐる反目があったのかしら）

富山藩の武士をも巻き込む何かが――。

（父さまは何も悪いことなどしていないはず……）

そう思いつつ、しづ子はその気持ちが揺らぐことも自覚していた。父のことはもちろん信じているし、頼りにもしている。とはいえ、日本橋で大店を営んでいくには、あれこれの苦労があることも分かってはいた。商いの規模を維持するには多少後ろ暗いこともしたかもしれない。役人に賄賂《わいろ》を贈るくらいのことは、ふつうにしていたかもしれない。まして、伊勢屋は商いの規模を年々拡大しているような店であったから。

もともと油問屋だった伊勢屋は、今も油問屋を続けてはいるが、途中から薬の商いも行うようになった。しづ子がまだ幼い頃のことで、くわしい経緯《いきさつ》などは知りようもない。

だが、伊勢屋平右衛門は富山の薬種問屋と取り引きをするようになって、商いの幅を広げていった。その取り引きを成立させるのが容易《たやす》くなかったことは、しづ子も承知している。

（今、うちの店が取り引きをしているのは、富山の丹波屋さん）

もっとも商いは伊勢屋の側から富山へ出向いて行うため、丹波屋の者をしづ子が目にしたことはない。

一年半前、大五郎が富山に出向いた時も、この丹波屋との取り引きだったはずである。

（その丹波屋さんとの取り引きが始まったのは、確か……）

しづ子はそこではっと表情を強張《こわば》らせた。確か、九年前か十年前、そのくらいだったはずである。そして、薬種問屋としての伊勢屋は、この取り引き成立を経て大きくなっていった。

（その時、父さまと丹波屋さんが何かしたのかしら。そして、そのことが大五郎さんの失踪と関わっているのだとしたら――）

大五郎の身が危うくなるようなことをするわけにはいかない。だとしたら、誰にも話さないのはもちろん、しづ子自身が神田明神の門前へ一人で出向いて行かねばならなかった。

主税は危険な目には遭わせないと言っていたが、そもそも彼の言葉を信じることなどもうできはしない。だが、脅しは本物だという気がした。それに、

（助松……。たった独りぼっちになってしまったあの子）

助松のためにも、大五郎失踪の謎はきちんとさせなければいけないと思う。失踪は仕事の出先で起こったのだから、その責めは伊勢屋が負わねばならないだろう。伊勢屋の娘である自分も知らぬ振りはできない。

(私は行かなければならない)

しづ子は心を決めた。怖くないといえば嘘だが、体の震えが止まらないほどの恐怖ではない。それより、大五郎を救うため、何とかしなければならないという気持ちの方が勝っていた。

「お客さまをお見送りしてまいりました」

ややあって、女中が戻って来た。

「せっかくお茶を淹れ直しましたのに、急なことでございましたね」

残念そうに呟く女中は、ふとしづ子の顔を見つめ、怪訝《けげん》そうに首をかしげた。

「お嬢さん、何かございましたか」

「いいえ、特に何も。どうして？」

しづ子は自分もわざと、怪訝そうな表情を作って訊き返した。

「いいえ。お顔の色があまりよくないように見えましたして」

「そんなことはないと思うけれど。でも、大友さまと歌のお話をして頭を使ったので、少し疲れてしまったのかもしれないわ」

「それはよくありませんわ。お部屋でお休みなさいますか」

女中の言葉にしづ子はうなずき、部屋へ戻った。しばらくの間、一人にしておいてほしいと言い置くのも忘れなかった。

それから、四半刻《しはんとき》（約三十分）ほど後、しづ子は誰にも告げず伊勢屋を出た。

第四首　青旗の

一

しづ子の姿がない——伊勢屋平右衛門がしづ子付きの女中からそう告げられたのは、七つ半（午後五時）の頃であった。

部屋で休んでいたはずのしづ子が消えており、家の中を隈《くま》なく捜し回っても見つからなかったという。

「出かけたのを見た者はいないのか」

平右衛門が表情を険しくして尋ねた。

それから、奥の女中ばかりでなく、店に出ている手代や小僧たちに至るまで、しづ子を見かけなかったか問いただされた。その結果、今日の昼過ぎからは、しづ子付きの女中以外、誰も姿を見ていないということが分かった。

「昼過ぎに大友さまがお見えになって、客間にていつものようにお話をなさっていたのです」

女中が厳しい顔つきの平右衛門を前に、泣きそうになりながら説明した。

「その時、変わったところはなかったのか」

「特にございません。いつものように、難しいお話をなさっていただけでございます」

「二人が外で会おうと、約束を交わしたなどということはあるまいな」

そういうことが起こらぬよう、お前をつけていたのではないかと、平右衛門は女中を咎《とが》めるような目で見据えた。女中はほとんど半べその状態になりながら、

「そのような話が出れば、すぐに気がつきます。難しいお話でも、きちんと耳は傾けておりましたから」

と、懸命に答えた。

「二人の仲はどうであった。特に親密そうであったとか、険悪そうであったということはないか」

「親密そうでいらっしゃいましたが、それもふだん通りでございます。いつも以上に親しげであるとか、馴《な》れ馴れしいご様子をお見せになるとか、そういうことはございませんでした」

「そなたは大友さまがお帰りになる少し前、茶を淹《い》れ替えるために席を外したと申したな」

平右衛門の目に脅《おび》えた様子で、女中は目を伏せてしまった。

「はい。ですが、長い間ではございません。私が戻りましたら、お客さまがお帰りに

なるところでしたので、私が急いでお見送りに」

「その時の大友さまのご様子は？」

「それも、いつも通りでございました。部屋へ戻りました時に、お嬢さんがお疲れのように見えたんです。いつもと違うことといえば、そのくらいで」

「その後、しづ子が部屋で休みたいと言い出したのだな」

「はい。横になりたいとおっしゃったので、私がお布団を敷き、障子も閉めさせていただきました。お薬は要らない、しばらく一人にしてほしいとのことでしたから、そのお言いつけに従って……」

「ならば、その間に、しづ子が自ら家を出て行ったことになる」

やはり、直前に会っていたという大友主税《ちから》が怪しい。

もともと、平右衛門はしづ子ほど、主税を信頼していたわけではなかった。しづ子に歌を習いたいと言い出したことに、多少の引っかかりを覚えたのである。武士が商家の娘に教えを乞うこと自体、相手が賀茂真淵の弟子ということを鑑《かんが》みても、異例であった。歌を習うだけの相手なら、探せば他にいくらでもいただろう。

だから、若い男女が二人きりにならないよう手を打ったのだが、それで大丈夫と考えたのは安易であったか。人目のある伊勢屋で会うことを嫌い、外で会う段取りを二人でつけたということなのか。

そういう恐れを、親としてまったく抱いていなかったわけではない。

だが、二人が出会ってからまだひと月である。

もう少し時が経《た》ってからなら、あり得ない話ではないだろうが、いくら何でも早すぎる。

（だとすれば、色恋とは別の理由があったということか）

そこまでたどり着いたところで、平右衛門の考えは止まってしまった。色恋以外に、しづ子が大友主税に会うため、外へ出て行く理由が思いつかない。

奥の女中たちに近所を捜させているうちに、暮れ六つ（午後六時頃）の鐘が鳴り出してしまった。女中たちには日が暮れたら戻って来るようにと言ってあるので、彼女たちが次々に帰って来る。だが、しづ子は戻って来なかった。

暮れ六つには伊勢屋の店も閉められる。番頭がやって来て、

「これより、男たちで手分けしてお嬢さんを捜させましょう」

と、言い出した。場合によっては番屋に届け出た方がいいという番頭の言葉に、沈《ちん》鬱《うつ》な面持ちで平右衛門がうなずきかけた時である。

「あのう、旦那さん」

薬種問屋の店の方から、小僧の助松がやって来た。

「何だね。今、旦那さんはお忙しいのだ」

不機嫌そうな様子を隠しもせず、番頭が返事をする。

「飛脚が旦那さん宛ての文《ふみ》を届けてきたのですが」

助松が少し困惑ぎみに報告した。

「出しなさい」

番頭が文を受け取り、そのまま平右衛門に差し出した。急ぎの用件でなければ、後回しにするつもりだったが、表の包み紙に差出人の名が記されていないのが気にかかった。

嫌な予感がした平右衛門は急いで文を取り出すと、端だけを開いてまず目を通した。

「十年前、富山にて起こりしこと、明らかにすべし」

挨拶の言葉もなく、いきなりそう書かれていた。

十年前、富山——という言葉が平右衛門の目に突き刺さる。

だが、驚きはその内容だけではなかった。筆蹟《ひっせき》が平右衛門のよく知る人物のものであったのだ。

「旦那さん、どうなさいました」

番頭が呼びかけてきたが、平右衛門の耳にはほとんど入ってこなかった。

「旦那さん！」

番頭から腕を揺さぶられて、ようやく平右衛門は我に返った。気がつくと、目の前に番頭の、その脇に助松の心配そうな顔がある。

「ああ、すまん」

平右衛門は番頭に目を向けて言い、手にしていた文を差し出した。

「読んでもよろしいので？」

番頭の言葉に、平右衛門は黙ってうなずいた。

「これはお嬢さんのお蹟《て》ではありませんか」

番頭が驚いた声を上げ、傍らにいた助松が「えっ」と小さな声を上げる。助松が文の方に見たそうな目を注いでいることに気づいて、平右衛門は娘が助松のために手本を書いていたことを思い出した。

「やはり、しづ子の蹟だと思うか」

番頭に確かめた後、平右衛門は助松にもその文を見るよう命じた。助松は息を詰め、文をじっと見つめていたが、ややあってうなずいた。

「確かに、おいらもお嬢さんが書いたものだと思います」

助松はそう答えてから、文の向きを変えて平右衛門に戻してきた。

「旦那さん、十年前のこととはいったい……」

番頭が遠慮がちな口調で尋ねてきたが、平右衛門は自分にも何のことやらわけが分からぬと答えた。

「旦那さん、このお文にはまだ続きがあるのではありませんか」

次に、助松が遠慮がちな口ぶりで言った。

平右衛門はうなずき、折り畳まれた文を一気に開いた。今度は番頭と助松にも見えるように、床の上に置く。先の一文の後ろにはさらに続きがあったが、さほど長いものではなかった。

青旗《あをはた》の　木幡《こはた》の上を　かよふとは　目には見れども　直《ただ》に逢《あ》はぬかも

「これは歌か」

平右衛門の言葉に、番頭が「そうですなあ」と唸《うな》ったような声でうなずき返す。助松は驚いた様子で言葉もなかった。

「旦那さん、これはどういう意味なんでしょう」

困惑した様子で言う番頭に、平右衛門も首をかしげるしかなかった。しづ子のように、和歌に関してくわしい知識を持っているわけではない。

青旗のたなびく木幡の上を通って行く、その姿を目に見ることはあるけれども、直《じか》に逢うことはないのだなあ——という意味だろうか。

「言葉の上っ面だけは何とか分かるが、何を言っているのか、まるで分からんな」

そもそも、目には見えるが直に逢うことのない「何」が木幡の上を通って行くというのか。その「何」に当たるものがこの歌の中には出てこないのだ。「逢う」などと言っているから恋人かとも思えるが、目に見えるのに逢えない相手とは、幽霊か物の怪《け》とでもいうつもりか。

「助松、お前はお嬢さんに歌を習っていただろう。この歌を習ったのではないか」

番頭から話を向けられて、助松は吃驚《びっくり》したように飛び上がった。

「いいえ、おいらがお嬢さんに教えていただくようになったのも、今年に入ってからですし、教えていただいたのはほんの少しです。この歌は習っていません」

「……そうか」

ほんのわずかの手がかりも断たれて、番頭が気落ちした様子で溜息《ためいき》を吐《つ》く。平右衛門も同じ気持ちだった。

「他の手代や小僧たちに、この歌について訊《き》いてみましょうか」

番頭が気を取り直して、平右衛門に尋ねる。

「そうだな」

藁《わら》にもすがる気持ちで言いかけた平右衛門は、「いや」と思い直して言った。

たぶん、他の手代や小僧たちもこの歌については知らないだろう。それよりも——。

「誰かを葛木さまのところへ向かわせることはできるか」

平右衛門の言葉に、番頭が少し考えてから口を開いた。

「確か、葛木さまはとある神田のお大尽《だいじん》の離れにお住まいでございましたか」

「ああ。何でも葛木さまが占いでお助けしたお客だとかで、半ば強引にその家に住まわせられているのだとかおっしゃっていた」

「前に伺ったことのある手代か小僧がいるでしょうから、すぐに走らせましょう。して、どのようにお伝えすればよろしいので」

「娘の一大事ゆえ、すぐにこちらへ来てほしいとお伝えしろ。礼金はいくらでもお支払いする、と」

「承知しました」

番頭が弾《はじ》かれたように返事をして、部屋を飛び出して行く。その後に続こうとした助松を、平右衛門は呼び止めた。

「お前はしづ子から歌の手本を書いてもらっていたな。どれだけある？」

「まだ一枚だけです。とても長い歌でしたので、手習いも思うように進んでおりません」

「それをここに持って来てくれ。葛木さまのお目にかけたい。何かの役に立つかもしれん」

「分かりました」

助松も大慌てで部屋を駆け出して行った。

二

それから半刻（約一時間）余り後、伊勢屋主人の部屋には平右衛門とその妻八重《やえ》、番頭、葛木多陽人の他、しづ子付きの女中と助松の六人が顔をそろえていた。しづ子の母である八重は平右衛門以上に蒼《あお》ざめた顔をし、このわずかの間にすっかりやつれてしまったように見える。

助松はしづ子の手本を届けた後、夕餉《ゆうげ》を食べてくるように言われたが、その後、再び呼び出された。

平右衛門はどうやら、しづ子の失踪に大友主税が関与していると考えるようであった。そうであれば、しづ子と主税が知り合った時、その場にいた自分が呼び出されたのも分からなくない。

（そういえば、あの時は葛木さまもご一緒だったんだ）

多陽人の横顔を盗み見ながら、助松は思いをめぐらした。

あれからひと月近くが経っている。その間、多陽人は今日を除いて三度ほど、伊勢屋に足を運んでいたが、大友主税と鉢合わせることはなかったという。主税が伊勢屋

に出入りしていることは聞いていたが、しづ子と親しくなっていたことは知らなかったらしく、

「そうどしたか。あのお武家はんがこちらのお嬢はんとなあ」

と呟《つぶや》いたものの、さして驚いたふうでもなければ、しづ子の身を案じて深刻そうな表情を見せるでもない。

「して、この度、私はどないな用向きで呼ばれたんどすか」

「この文に書かれた歌について、お教え願いたいと思いましてな」

平右衛門が先ほど届いた文を開いて、多陽人に指し示しながら言った。

「歌というても、私がたしなむのは狂歌でして」

と呟きながら、多陽人は文にしたためられた歌に目をやった。

「青旗の……。はは あ、これは『万葉集』の歌どすな」

たちどころに、多陽人は言った。

「おお」

番頭が声を上げて驚き、声こそ出さなかったが平右衛門夫妻と女中も驚いた表情を浮かべている。

助松は驚かなかった。

多陽人であれば、すぐに分かるのは当たり前だ。聞きたいのはこの歌がどんな内容

で、しづ子の失踪とどう関わるのかということだ。

「それで、この歌はどういう意味なのですか。私どもも上っ面の意味は分かりますが、何しろ、『青旗の木幡の上をかよふ』のが何なのかも分かりませんで」

　平右衛門がすかさず多陽人に尋ねた。

「この歌は誰がどないな立場で詠《よ》んだ歌なのかを分からん限り、理解はできまへん。この歌を作ったのは、倭大后《やまとのおおきさき》と呼ばれるお方どす」

「倭大后、存じませんなあ」

　困惑した様子で、平右衛門が呟いた。

「大后いうんは、帝《みかど》のお后を指す言葉で、今なら中宮《ちゅうぐう》さまのことどすな。というても、中宮さまにならはる儀式は立后《りっこう》というて、たいそうな金がかかりますのや。五摂家《ごせっけ》でもなかなかその用意ができひんとあって、中宮さまがお立ちにならん御世《みよ》も多いんどすけどな」

　さすがに京の生まれというだけあって、多陽人は御所の事情にもくわしい。しかし、今、聞きたいのはそういう話ではなかった。

「その倭大后いうお人は、どなたさまの后だったんですか」

　待ちきれないというふうに、平右衛門が口を挟む。

「天智天皇《てんじ》さまどす。その名はご存じどすやろ」

「ああ。それならば、知ってます。蘇我《そが》氏を倒したお方でありましたな」

　助松にはわけの分からない話であったが、平右衛門は分かるらしく、大きくうなずいている。話はさらに倭大后の歌の内容へと移っていった。

「このお歌は、天智天皇さまのご崩御《ほうぎょ》の後、倭大后が詠まれた歌どす。人の死を悼む歌を『万葉集』では『挽歌《ばんか》』というんどすが、その中の一首どすな」

「では、『木幡の上をかよふ』のは一体何なのです」

　話がここまで来ても、分からないというふうに、平右衛門が尋ねる。

「木幡は地名どすが、ここでは山のことどすな。山の上を通うという言葉、これが挽歌であること。この二つから、通って行くのは天智天皇さまの魂やと分かります」

「何と、魂でしたか」

　平右衛門が絶句し、その後、はっとした様子で表情を強張《こわば》らせた。多陽人はそれにはかまわず話を続ける。

「亡くなった人の魂は山の上にのぼり、そこから雲や風になるという信仰があったようどすな。天皇さまの御魂《みたま》が山上を通って行くのが、倭大后には見えはるが、魂であるがゆえに直に対面することも、その身に触れることもできん、この歌はそないな意味どすな」

「葛木さま……」

平右衛門がそれまでにない低く暗い声を発した。

「これが挽歌というのなら、しづ子の身がそれに値するものになったということでしょうか」

傍らで八重が「あっ」と小さな声を上げたが、

「それはあらしまへん」

あっさりと、多陽人は言ってのけた。

「これはお嬢はんの蹟《て》やとおっしゃいましたな。ここにあるお嬢はんの手本と見比べても、確かに同じお人の蹟や。死んだ人は字を書けまへん。死ぬ前に脅されて書いたとも考えにくい。死の恐怖を感じてる人なら、こないな歌を書くことに抵抗を覚えるやろし、筆遣いに動揺が見られるもんどす」

「葛木さまのおっしゃる通りです。お嬢さんの字で送られてきたということは、お嬢さんがご無事だと我々に知らせるために決まってますよ」

番頭がすかさず平右衛門を力づけるように言う。

さらに、多陽人が続けた。

「第一、お嬢はんが死んではるなら、十年前のことを明らかにしろ、と言えまへんやろ。今回、お嬢はんを連れ去った連中の目的はそれや。それを果たすまでは、お嬢はんを利用すると思います」

「お嬢さんを利用するとは、何という汚い輩《やから》だっ！」

番頭が憤懣《ふんまん》やるかたないという口ぶりで叫ぶように言った。

「ほんまにそうなんどすか？」

多陽人が眼差《まなざ》しを番頭の顔から平右衛門に移して訊いた。

「どういう意味ですか」

平右衛門が多陽人をじっと見据えて訊き返した。

「お嬢はんはほんまに汚い輩に捕らわれてるのか、という意味どす」

多陽人はいつものさばさばした調子で、はっきりとものを言う。

「そうではないと思っておられるのですか」

「お嬢はんが自らそちらの者たちに力を貸してる、せやさかい、この文も自らしたためた。そない考える方が道理に合うんと違いますか」

「何をおっしゃるんです！」

憤慨したのは番頭であった。

「お嬢さんがご自分の意思でこの文を書かれたなんてこと、あるはずないでしょう。脅されたに決まってます」

「脅されたにしては、落ち着いた筆遣いに見えますけどなあ」

多陽人の物言いに、平右衛門は暗い表情を浮かべるだけで、言い返すことはなかっ

た。ほんの少し沈黙した後、

「葛木さま、今日は急なところを駆けつけてくださり、まことにありがとうございました」

と、丁寧に頭を下げた。

「娘のことではまたお力添えを願うかもしれませんが、今日のところはお引き取りくださいい。礼金につきましてはこの度のことが解決しましてから、まとめてお支払いさせていただきたく」

「分かりました。お力をお貸しするのはやぶさかではおへんさかい、よろしゅうに」

多陽人は落ち着いた様子で挨拶し、部屋を出て行った。

（葛木さまはお嬢さんの身が心配じゃないんだろうか。それとも、お嬢さんは葛木さまが言うみたいに、誰かに脅されたんじゃなく、ご自分の考えで動いていらっしゃるんだろうか）

それにしても、十七歳のしづ子が誰にも何も言わず、家を出て行くなどとはとても信じられない。かどわかされたという方がまだしも納得がいく。

（でも、まずはあの歌のことを確かめてみなくちゃいけない）

たった今、多陽人によって説明された「青旗の」の歌は、助松が初めて見る歌ではなかった。もっとも、『万葉集』に載っていることや、作者が倭大后であることは、今日初めて知ったことだ。

(でも、あの歌は……)

助松は自分の部屋へ引き取ってよいと言われてすぐ、部屋へ駆け戻ると、行灯《あんどん》の火を点《つ》けるのももどかしげに、父の日記を急いで開いた。

三

「あった……」

一人部屋という油断のせいか、助松は思わず口に出して呟いていた。

助松が開いているのは、二首目の歌が書かれた一葉であった。

青旗《あをはた》の
木幡《こはた》の上を
かよふとは
目には見れども
直《ただ》に逢《あ》はぬかも

先ほど届いた文に記されていたのとまったく同じものである。

（でも、おいらはまだ、お嬢さんにこの歌を尋ねていない）

それなのに、しづ子はこの歌を書き送ってきた。

もしかしたら、しづ子の失踪と父の日記——場合によっては父の失踪とも、何か関わりがあるのだろうか。

（この歌が、死んだ人を悼むものだったなんて）

もちろん、そういう歌を父が日記に書き残すことは、あり得ない話ではない。その前後に、父の大事な人が亡くなったというような事実があるのならなおさらである。だが、その歌の前後を読んでみても、誰かが亡くなったという記述はなく、他の日と同じように、どんな客が店に来て、何をいくつ買い求めていったのか、書かれているだけであった。

（どうして、お父《とっ》つぁんはこの歌を書いたのだろう）

一番目に日記に登場する歌「あしひきの」と何か関わりがあるだろうか。

大伴家持の長歌「あしひきの」は、鷹狩《たかが》りをしたという秋の歌で、深い意味はなさそうだった。だが、今回の「青旗の」は人の死を悼む歌であり、意味を知った今は助松とて心を動かされるものがある。

（二つの歌に、何かつながりがあるようには思えないけど……）

そのことを考えていた時、何かが頭の片隅に引っかかったような気がした。何だろうと考えながら、父の日記をぱらぱらめくってみたが、それが何かは分からなかった。結局、その日は手習いをする気にもなれず、そのまま床に就いたのだが、ふと思い出したのは行灯の火を消してからである。

——人は亡くなっても魂は永久に在《あ》る、昔の人がそう考えていたことが分かる歌でございますね。

しづ子の声が耳もとによみがえってくる。そう言っていたのは、大友主税に出会った時のことであった。

(そうだ。あの時の歌だっ!)

あの時、二人は一首の歌についてやり取りしていた。自分は初めて聞く歌だったし、父の日記に書かれていない歌だったので、あまり気にしなかった。歌そのものも覚えていない。だが、

——和魂《にきたま》とは穏やかな魂を指す言葉で……。

主税はそう言っていたはずだ。あれも、死後の魂について詠《よ》んだ歌だったのだ。

今回、しづ子の筆蹟で送られてきた和歌も、死後の魂を詠んでいる。

(大君《おほきみ》の和魂——確か、そういう始まりだった!)

助松に分かったのはここまでだった。その大君のお心に適《かな》ったから、そこを墓に定

めたというような内容だけは思い出せたが、歌そのものの言葉はいくら頑張ってみても出てこない。

しづ子と主税が魂の歌を話し合っていたことは、今回の「青旗の」の歌と関わっているのだろうか。それとも、『万葉集』に魂を詠んだ歌はたくさんあって、たまたまのことに過ぎないのか。

その助松の疑問に答えてくれる人は、今や葛木多陽人しかいなかった。

しづ子が戻って来ない限り、平右衛門が再び葛木多陽人の力を借りたいと言い出すことは目に見えている。その時、折を見て尋ねてみればいい。

（ついでに、お父つぁんの日記に出てくる他の歌のことも尋ねてみようか）

しづ子が書き送ってきた歌と、父が日記に残した歌の一首が同じだった以上、先延ばしにするべきではない。多陽人ならば、どんな歌を示したとしても、すぐに答えてくれそうな気がした。

（それにしても、十年前の富山で起きたことって何なんだろう）

歌に関する気がかりが一段落すると、文に書かれていた言葉が気になり始めた。

（旦那さんも番頭さんも、特に何もおっしゃらなかったけど……）

番頭の態度は思い当たることがまったくないというように見えた。一方の平右衛門は歌にばかり捕らわれている様子で、十年前の件については初めに「わけが分からない」と答えた後は、まったく触れようとしなかった。

だが、その態度こそが、今となってみれば、不自然な気もする。思い当たることがないのなら、もっと不審がってもいいし、憤ってもいい。それなのに、ほとんど何も言わないのは、わざと話題にするのを避けていたようにも考えられる。

（十年前といったら、おいらが生まれた頃のことか）

伊勢屋に一体何があったのだろう。

助松にはもともと記憶のない頃のことであり、誰かに聞いた覚えもない。答えの出ないことを考え続けているうちに、助松はいつしか眠り込んでしまった。


翌日になっても、しづ子の行方は知れぬままであった。店の商いはいつも通りに行われたし、お客にそのことを悟られぬようしっかり仕事に励めと言われていたので、助松も他の奉公人たちも気を引き締めて仕事に当たった。とはいうものの、ともすればしづ子のことが心配なのは誰しも同じで、店の前に人が立てば、しづ子が帰って来たのではないかと、店の中に緊張が走る。客が入って来る度、奉公人たちの切羽詰まった眼差しが一斉に、戸口の方へと向けられる。

客の方が何事かと吃驚《びっくり》した表情を浮かべ、後から応対に出た手代が申し訳ございませんと、愛想笑いを浮かべながら謝罪する、というようなことが何度もあった。

そうして、何人かの客を迎え入れた後のことであったか、助松はその客を見出《みいだ》した時、思わず声を上げてしまった。

「葛木さま！」

助松の声に、店にいた奉公人たちの目が葛木多陽人に注がれる。いつもなら、その整った顔立ちに頬を緩めるところであったが、しづ子の行方が気がかりなこの日はそういうわけにもいかない。

「これは、これは」

奉公人たちの顔つきから、事態が好転していないのを察したという様子で、多陽人は気の毒そうに形のよい眉を落としてみせた。とはいえ、さほど深刻そうに見えないのは昨日と変わらない。

「助松」

多陽人に気づいた番頭がすぐに助松を名指しした。

「お前は葛木さまを客間にお通しし、旦那さんにお知らせしなさい」

「承知しました」

助松はすぐに返事をし、多陽人の案内に立つ。客間に多陽人を通して、「少々お待ちください」と出て行こうとした矢先、

「助松はん、少し」

と、多陽人から呼び止められた。

「お嬢はんはまだ戻られてへんのやな」

「はい」

振り返って、助松は悄然《しょうぜん》と答えた。

「まあ、案ずる気持ちは分かりますけどな、お嬢はんはご無事や」

多陽人の力強い言葉に、助松はぱっと顔を上げた。

「前に、旦那はんからお嬢はんの生まれた年と月日を聞いてましたのでな。占うてみたところ、この一年のうちにお嬢はんの身がどうこうなることはない、と出ましたのや」

「本当ですか」

よかった――思わず、安堵《あんど》の息が漏れる。

「そうなると、私が昨日言うたように、お嬢はんが自ら誰か、まあ十中八九、大友はんやと思いますけど、その人のところに身を寄せてはることになるわけや」

「でも、お嬢さんが大友さまとお会いしたのはまだひと月前です。そんなに容易《たやす》く大友さまを信頼なさったとは思えないんですけど」

「ひと月でも相手を信頼することはありますやろ。恋心なんて、相手を一目見ただけで芽生えるものやさかい」

多陽人の言葉がしづ子本人のことではなく、世間によくある例《ためし》を言っていると分かってはいたが、助松はそのまま承服することも、聞き流すこともできなかった。

「お嬢さんがそうだったとは、おいらには思えません」

語気を強くして言う助松に、多陽人は微笑《ほほえ》みを浮かべた。

「まあ、その点は私も同じ考えどす。色恋沙汰なら、あないな文を送ってきて、十年前のことを何たら言わんでえさかいな」

そこでや——と、多陽人は声に力をこめた。その顔からは笑みも消えている。多陽人は目で助松の後ろの襖《ふすま》を閉めるようにと促した。助松は急いで襖を閉めると、その場に座って、多陽人の言葉を待つ。

「十年前にこの店で何があったか、助松はんは何か知らへんのか」

低い声で多陽人は訊いた。

「そのことは、おいらも考えてみたんですけど、おいらが生まれた頃のことなんで分からないんです。誰かから聞いた覚えもないですし」

「まあ、それは仕方おへんな。他に何か気づいたことはおへんか」

多陽人から促され、助松は、しづ子と大友主税が語っていた「大君の和魂」で始まる歌について話した。

「それは、『大君の和魂あへや豊国の鏡の山を宮と定むる』という歌どすな」

案の定、助松のつたない話だけで、多陽人はその歌を的確に言ってのけた。

「間違いありません。確かにあの日、その歌をお聞きしました」

助松は叫ぶように言った。

「そのこと、おいら、後から思い出して、旦那さんにもお話ししようと思ったんですけど、歌そのものが思い出せなくて」

「ほな、このことは今から、私が旦那さんにきちんとお話ししておきますさかい、心配せんでもええ」

助松は、その歌について、しづ子と主税が交わした会話を思い出せる限り、多陽人に伝えた後、

「実はもう一つ、お尋ねしたいことがあるんですけど」

と、思い切って切り出した。

多陽人と二人でいられるこの機を逃さず、父の日記の歌についても訊いてしまおう。この先、平右衛門を呼んできたら、自分はもう店へ戻されるだろうし、帰りがけは多陽人と二人で話をする機会もないかもしれない。

それに、今の話の成り行きなら、さほど不自然にも思われるまい。

「この歌なんです」

助松は前もって書き写してあった歌を、多陽人の方に差し出して言った。

　磐代《いはしろ》の
　浜松が枝《え》を
　引き結び
　真幸《まさき》くあらば
　また還《かへ》り見む

　父の日記では、三首目に出てくる歌である。

「これがどういう意味なのか、教えていただけますか」

「これは、有間皇子《ありまのみこ》というお人の歌やな」

「有間皇子……？」

　助松は初めて聞く名であった。

「昨日、倭大后《やまとのおおきさき》の歌を話したやろ。天智天皇さまのお后やったお方や」

「はい。それは覚えています」

「時代としては同じ頃の人なんやけど、有間皇子は謀叛《むほん》の罪によって処刑されたお人なのや」

「処刑……ですか」

ずんと心が重く沈み込んだようになる。遠い昔の、何の関わりもない人だというのに、つかまって処刑されたというのは哀れだった。しかも、その人が歌を残しているとなると、その死にざまがさらに重みをもって感じられてくる。

まさか、この歌は処刑された皇子の怨念《おんねん》がこもったものなのだろうか。

「有間皇子は皇位に就いてもおかしくないお生まれやったんや。天智天皇さまとも濃い血のつながりがあって、要するに次の皇位をめぐる争いのようなものがあったんやな。そんで、争いに敗れて殺されてしもうた」

「そうなんですか」

「ただ、それは表向きのことで、本当は謀叛なんぞ企《たくら》んではいなかったという説もあるのや。つまり、有間皇子は無実の罪を着せられて、殺されたという説や」

「ひどい……。誰がそんなことをしたんですか」

「それが天智天皇さまやと言われてる」

「だったら、二人は敵《かたき》同士だったんですね」

「そやな。この歌は、有間皇子が処刑される直前に詠んだものや。磐代《いわしろ》というのは、処刑の場所へ向かう途中の地名どす。『磐代の浜松の枝を結んで、我が身に幸いがあったならば、またここへ帰って来て、この結び松を見よう』と言うてはる。松の枝を結ぶと幸いが訪れる、という迷信があったのや」

「それで、有間皇子はその結び松をもう一度、見ることがあったんでしょうか」

まるでこの歌の出来事が、つい数日前に起きたことであるかのような切実さで、助松は多陽人に問うた。

「そりゃあ、なかったやろ。そのまま殺されてしもうたさかい」

「……そうですか」

心がずしりと重くなる。

「有間皇子はもう戻れないことを分かっていて、この歌を作ったのでしょうか」

「まあ、そやろな」

多陽人の言う通りなのだろう。死を逃れられないと分かっている人が、それでも幸いを願っているからこそ、この歌は心に突き刺さるのだ。意味が分からないうちはまるで胸に響いてくることのなかったこの歌が、歌を詠んだ作者のことを知った途端、助松の中で命を持った。どういう状況で、どういう気持ちで、この歌が作られたのかを知った途端、この歌は激しく助松の心を揺り動かす力を持った。

「そんなすごい歌だなんて、思ってもみませんでした」

助松は率直な思いを口にした。心はなおも大きく揺さぶられていたが、ふと気づくと、多陽人が探るような眼差しを向けてきていた。

「助松はん。この歌はお嬢はんの失踪と何か関わりがあるんか」

問いただされても不思議のない内容である。

関わりなどない——と、あっさり嘘《うそ》を口にすることはできなかった。

「……いえ、そういうわけじゃありませんけど」

「ほな、あんたは何でこの歌の意味を知りたいと思うたんどすか」

「そ、それは、たまたまこの歌を知って、ちょうどお嬢さんからいろいろ教えてもらうようになっていたところだったので」

本当はお嬢さんに尋ねようと思ってたんですけど、お嬢さんがいらっしゃらないので——と、早口で述べ立てたが、いかにも取り繕ったふうに聞こえただろうと、自分でも分かった。

これ以上踏み込んでこられたら、助松にも言い逃れができなくなるところであったが、多陽人は「そうどすか」と応じただけで、その後は何も訊いてこなかった。

「では、旦那さんにお知らせしてきます」

助松はそう言って立ち上がり、急いで客間を出た。

多陽人にどう思われただろうかと、胸がどきどきした。だが、六首のうち、初めの三首と最後の一首の意味は分かった。歌のつながりはまるで分からないが、それは残る二首の意味が分かってから考えても遅くはない。

（あと残り二首）

どんなに怪しまれたとしても、何とか聞き出したい。だが、その前に、まずはしづ子に無事に帰って来てもらいたい。

（お嬢さん、本当にご無事なんですよね）

助松は不安を抑え込みながら、平右衛門の部屋へと向かった。

第五首　しなざかる

一

時は一日さかのぼり、しづ子が伊勢屋から姿を消した二月二十五日のこと。

七つ頃、しづ子は神田明神の門前にいた。

この頃合いはまだ人が大勢行き交っている。頭一つ分、周囲から突き抜けている大友主税《ちから》を見つけるのは、さほど難しくなかった。どこか人を寄せつけぬような、目的のためには手段を選ばないような、張り詰めた気配を漂わせている。

あの人はあんな顔つきだったろうか。しづ子が知る和やかな表情の主税とは、まるで別人だった。

近付いて行くのは気が引けたが、しづ子は心を叱咤《しった》して足を動かした。

そのうち、主税の周りも目に入ってきた。賑《にぎ》やかな人混みの中、主税の隣に無言で立っている男は目を引いた。

「大五郎さん……？」

主税より少し背が低く、体つきはがっしりしている。三十代後半と見える男の厳《いか》つい顔は、決して見忘れるものではなかった。一年半前まで、伊勢屋で働いていた手代の大五郎に間違いない。

主税が大五郎を捕らえている、と考えていたしづ子は少し混乱した。だが、しづ子に見せつけるため、あえて連れ出して来たとも考えられる。拘束していないのは人目を気にしてのことだろう。

それならば、今は大五郎を取り戻す最大の好機ではないか。この場で大声を上げ、主税の非道を訴えればいい。主税が逃げ出せば、大五郎の身は解き放たれよう。

しづ子は用心しつつ主税と大五郎に近付いて行った。やがて、二人もしづ子に気づいた。四つの射貫《いぬ》くような目が自分に向けられていることを感じながら、しづ子は進んだ。

「大五郎さん……ですよね」

しづ子は大五郎に目を据えて尋ねた。声は掠《かす》れ、震えている。こんなことでは、大声を出して助けも呼べないのではないか。どうしようと思った時、

「お嬢さん、お久しゅうございます」

大五郎がしっかりとした声で答えた。

「初めに申し上げておきますが、私はこちらのお侍につかまっているわけではありません」

機先を制するように、大五郎が言った。

「でも、私がここへ来なければ、大五郎さんが危険な目に遭うって……」

「それは、お嬢さんをここへ誘《おび》き出すための方便です。お嬢さんには力を貸してもらいたい。このお侍も言ったでしょうが、お嬢さんを危険な目に遭わせることはありません。ただ、しばらくの間、我々と一緒にいてくだされぱいい。少々のご不便はかけますが、そこはこらえていただいて」

「大五郎さん、何を言っているの。つかまっているわけでもないのなら、どうして助松のところへ帰ってやらないのです。あの子はあなたがいなくなってから、本当に独りぼっちになってしまったのよ」

しづ子が懸命に言うと、

「私だって帰ってやりたいです。が、今はできません」

苦しげな物言いで、自分に言い聞かせるように大五郎は言った。

「親が子のもとへ帰るのに、できないなんてことがありますか。大五郎さん、あなたは父親でしょう」

「伊勢屋が安全なところだと分かれば帰ります」

「えっ……」

大五郎の思いがけぬ言葉に、しづ子は驚愕《きょうがく》した。

「伊勢屋が安全じゃないって、それはどういう……」

「くわしい話をここでするわけにはいきません」

大五郎は有無を言わせぬ口調で言った。

確かに、この人通りの多い門前で立ち話というわけにもいかない。だが、大五郎の話を聞くためだけに、一緒に行く気にはなれなかった。

「私は、安全ではない伊勢屋に、たった一人の倅《せがれ》を預けている。私だって、倅の身を案じております」

「どういうことなの。父さまや店の者たちが助松に何かするとでも?」

信じがたい気持ちで、しづ子は訊《き》き返した。

「そういうこともあり得るという話です。私がこうして気ままに動けることを知ったなら」

「何が何だか、さっぱり分からないわ。ここで話せない事情は分かりますが」

「お嬢さん。私もお嬢さんを無理無体に連れ去るような真似《まね》はしたくありません」

大五郎の声がそれまでと違った色合いを帯びた。

はっと気づくと、大友主税が場所を移し、いつの間にかしづ子の背後に回っていた。

二人の男に挟まれて、身動きを封じられている。

「だから、こう考えてくれませんか。お嬢さんが私と一緒に来てくれることで、伊勢屋の旦那と私は対等になる。それぞれ大事な子供を人質に取られたわけですからな」

もちろん、私も助松に何かされちゃ困るから、お嬢さんに危害は加えない。これは、そう信じてもらうのに十分な理由になりませんかね」

「大五郎さんはまるで、父さまのことを敵のような口ぶりで言うのね」

悲しい気持ちと、精一杯の皮肉をこめて、しづ子は言った。が、その返事はしづ子の背後から聞こえてきた。

「その通りですよ」

突き放すようなそっけない主税の声である。

「伊勢屋の旦那は、この人の一年半前の災難を企《たくら》んだ張本人かもしれない」

「まさか、そんな！」

しづ子が振り返って抗議しようとするのとほぼ同時に、「主税」とたしなめるような大五郎の声が飛んだ。

（商家の手代に過ぎない大五郎さんが、お武家の大友さまを呼び捨てなんて……）

これにも、しづ子は驚愕した。

「お嬢さん、信じられないでしょうが、私どもは嘘《うそ》は吐《つ》いてません。伊勢屋の旦那が私の失踪に関わってたことは十分あり得る。私はそれを確かめたいんです。伊勢屋の旦那が白だと分からなけりゃ、あの店にも助松のもとにも戻れない。そこのところを分かってもらえませんかね」

大五郎は穏便に話を進めようとしてくれている。が、それは本人も言うように、無理無体な真似をしたくないからであって、話し合いが決裂すればどうなるかは、しづ子にも分かっていた。

「父さまが大五郎さんに何かして、大五郎さんを危険な目に遭わせた。そんな話を鵜《う》呑《の》みにすることは私にはできません。でも、私は助松のもとに大五郎さんを返してあげたい。その気持ちだけは揺らぎません」

しづ子はいったん口を閉ざすと、頭の中で考えをまとめた後、ゆっくりとしゃべり出した。

「父さまがもし悪いことをしていて、助松を人質に取るようなことがあった時、私が大五郎さんのもとにいれば、助松の身も無事でいられる、そういうことですね」

目に力をこめて大五郎を見据える。

「そう了見してもらえると助かります」

大五郎もしづ子を見据え、瞬き一つせずに言い返した。

「では、これからある場所へお連れします。ただ、場所を悟られないよう算段はしますんで」

大五郎はそう告げ、しづ子は黙ってその後に続いた。門前の人込みを抜けた後、三度ばかり駕籠《かご》を乗り替えた。一回で目的地まで行かないのは、駕籠屋をたどって場所を特定されるのを避けるためだろう。

　乗り換えのため駕籠から降りたところも、場所を特定できる目印などはなく、しづ子にはどこか分からなかった。そして、日も暮れようとする頃、江戸の外れと思われるひっそりとした場所に到着した。

　少し歩くと、垣根で囲まれた一軒家がぽつんと建っており、

「しばらくここにいてもらいます」

と、大五郎が告げる。家へ入ると、しづ子は居間へと案内され、机の前に座るよう言われた。

「まずは、伊勢屋の旦那宛てに文《ふみ》をしたためていただきたい」

　しづ子が無事でいる証《あかし》にするのだと言われ、しづ子は迷わず承諾した。

　文面は十年前のことを明らかにしろという内容で、事は単純なものではないと感じられた。文に記す和歌も初めから用意されていた。

「どうしてこの和歌を――？」

　しづ子は主税に尋ねたが、

「その理由をあなたが知る必要はない」

　そっけなく切り返されただけであった。文をしたため終わると、主税がそれを持って家を出て行った。大五郎は家に残り、

「贅沢《ぜいたく》なもんは出せませんが、まずは夕餉《ゆうげ》の用意をいたしましょう」

しづ子に言い置くと、台所に向かおうとする。

「待ってください」

しづ子は呼び止め、改めて大五郎に向き直った。

「夕餉は要りませんから、くわしい話を聞かせてください」

「何も食べないのは、体によくありません」

大五郎はしづ子の真剣な頼みを受け流すように、淡々と答える。

「でも、私は大五郎さんがなぜこんなことをしているのか、それが知りたいのです。そうでなければ、ここまでついて来た意味もありません」

「まあ、もう少し待ってください」

大五郎はやはり落ち着いた声で言った。その様子は頑として動かぬ岩を思わせ、意を変えるのは容易ではないとしづ子にも分かる。

「すべては伊勢屋の旦那が知ってることです。お嬢さんの無事のためなら、旦那はおそらくすべてを話す。旦那からお聞きになればよろしいでしょう」

「それは、大五郎さんの思惑でしょう。その通りに事が運ばなかったら、どうするのですか」

「どっちにしても、お嬢さんにはすべてを話しますよ。だが、そう焦らなくてもいい。

まずは、伊勢屋の旦那の出方を待ちましょう」

　大五郎は立ち上がり、台所へと向かってしまった。

　ややあって、大友主税が若い娘を一人連れ、戻って来た。年齢はしづ子と同じくらいか、やや上と見える。顔立ちは整っているのだが、愛想はまったくない。

「千枝《ちえ》と申します」

　女はにこりともせず名乗った。

「この者が常についているゆえ、何かあれば言いつければよい」

　主税がしづ子にそう告げた。

　それから、千枝は大五郎の手伝いをするのか、部屋を出て行ったが、主税はその場から動かない。自分のことを見張っているのだろうと察したしづ子は、

「ここまでおとなしくついて来たのですから、一年半前の災難とか、十年前のこととか、私に教えてくださるわけにはいきませんか」

　と、申し出てみた。主税はじろりとしづ子を見据えた。

「大五郎さんが話さなかったんだろう？」

「焦らないでもいいと言われました。私の父さまがいずれ話すから、それを聞けばよいとも」

「ならば、そうなのだろう」

主税も話す気はなさそうだった。だが、しづ子は引き下がらなかった。

「どうしてこんなことをするのか、分からないままでは心が晴れません。それに、理由を教えていただけると思えばこそ、ここへ来たのです」

「いつまでも黙っているわけではない。大五郎さんが話すまで待つことだ」

主税の返答は変わらなかった。

ただ、その受け答えから少し分かってきたこともあった。主税は自分の意思で話さないのではなく、大五郎が話さないからそれに倣《なら》っている、というふうなのだ。

（お侍の大友さまの方が立場は上と思っていたけれど、ここは大五郎さんの考えによって動いているみたい。大友さまはただ大五郎さんに従っているだけなのかも）

どうして侍の主税が商家の手代に従っているのかは謎であったが、少なくともそう見える。

それから、大五郎と千枝が野菜と米の粥《かゆ》を持ってきて、しづ子はそれをおとなしく食べた。夜も更けると、千枝が床の用意をしてくれた。大五郎や主税とは別の部屋だが、千枝とは一緒で、夜も見張られるということらしい。

「千枝さんは、大友さまや大五郎さんとどういった関わりの人なんですか」

床に就いた後、明かりも消えた部屋の中で、しづ子はそっと尋ねてみた。だが、

「そういうことはいっさいお答えできません」

と、にべもない返事をされただけであった。

(父さまは……心配しているでしょうね)

父が届いた文の内容を、誰にどこまで知らせるかは分からないが、事情を知れば、店の者たちも心配してくれているかもしれない。助松も自分の身を案じてくれているのだろうか。

(あの葛木さまにも、父さまは知らせるのかしら)

父は困ったことが起きた時、占い師である葛木多陽人に判断を求めることがよくあった。今回のことは父が多陽人を頼りそうな一件のようにも思える。

(葛木さまは……)

しづ子が行方知れずになったと聞いた時、どんなことを思うのだろう。愚かで人騒がせな娘だと思うのだろうか。それとも、少しは心配してくれるのだろうか。

今夜はとても眠れそうにないと思っていたというのに、あれこれと伊勢屋の人々に思いを馳《は》せているうちに、いつしか眠り込んでしまっていたらしい。

——お嬢さん。

自分を呼ぶ助松の姿が夢に現れた。

——お嬢さん、大事ありませんか。

私は大丈夫よ、心配しないで——必死に返事をするのだが、しづ子の声は助松には届かなかった。

——お嬢さん、お父《とっ》つぁんを返してください。

——お父つぁんはひどいことをされたんです。旦那さんのせいです。

——旦那さんがお父つぁんをずっと苦しめてきたんだ。

待って。そんなふうに決めつけないで。まだ分からない。まだ父さまが悪いと決まったわけじゃないのだから。大五郎さんは私がちゃんと助松のもとへ連れて帰る。だから——。

助松の姿が遠のいていく。

（待って。私の言うことを聞いて——）

離れていく助松の背中に手をまっすぐ伸ばした時、夢は唐突に覚めた。

二

しづ子が失踪してから三日が経《た》った。初めの文が届いた後は、何の音沙汰もなく、伊勢屋の奉公人たちは皆心配している。

主人平右衛門の憔悴《しょうすい》は特にひどい。おかみの八重は娘の身を案じるあまり、寝込んでしまったという。そんな話も伝わってきて、奉公人たちもふだん通りの仕事に励んではいたが、落ち着かぬ日々を過ごしていた。

そして、しづ子の失踪から四日目となる、二月二十九日のこと。

昼九つ（正午）を過ぎて間もなく、飛脚が平右衛門宛ての文を届けた。

それを受け取った助松が番頭のところへ持って行くと、その足で平右衛門に届けるようにとのことである。

助松はすぐに奥へ走った。女中に居場所を尋ねると、平右衛門は八重の枕元に付き添っているという。助松がそちらの部屋の前で声をかけ、文が届いたことを伝えると、はっと息を呑《の》む気配に続いて、

「お前さま、まさか……」

八重の震える声が聞こえてきた。

「早く持って来なさい」

平右衛門から言われ、助松は戸を開けると、中へ入り文を平右衛門に渡した。

平右衛門は送り主の記載がないことを確かめ、もどかしそうに中を開いた。折り畳まれた文をさっと広げ、体を起こした八重と一緒に目を通している。

二人の表情は緊張から驚きへ、それから強張《こわば》ったものへと変わっていった。

「お、お前さま……」

八重の声が先ほどよりもいっそう震えている。

「お前は何も案ずることはない」

平右衛門の声は落ち着いていた。

「では、これで失礼します」

助松が戸を閉めて立ち去ろうとすると、「少し待て」と平右衛門の声が追いかけてくる。

「葛木さまにすぐにこちらへ来てくださるよう、使いを送れ。場所は誰かが知っているはずだ」

とにかく一刻でも早くお願いしろと、平右衛門は焦り気味の口調で命じる。助松は急いで店に引き返し、番頭にその旨を伝えた。すると、多陽人の住まいを知っているかと訊き返されたので、助松は頭《かぶり》を振る。

「お前もあの方の住まいは知っておいた方がいいな」

番頭はそう言うなり、手代の庄助を呼んだ。庄助が多陽人の住まいを知っていることを確かめると、助松を連れてすぐに向かえと命じる。

「ご本人がいたらすぐにお越しを願え。もしおられなければ、助松をその場に残し、お前は戻って来なさい」

「おいらは葛木さまが戻られるまで待っているのですか」

助松が確かめると、番頭はうなずいた。

「七つの鐘が鳴ってもお戻りにならなかったら、お前も戻って来なさい。お大尽《だいじん》のお屋敷の離れに一人でお住まいだから、お屋敷の誰かに言づてをするのを忘れずにな」

「分かりました」

助松は返事をし、それから庄助と共に葛木多陽人の家へ向かった。

「葛木さまは、お大尽のお屋敷にお暮らしなんですか」

番頭の言葉を思い出して、道中尋ねると、庄助はそうだとうなずいた。

「ぜひにもうちに住んでほしいと、お大尽から頼まれたそうだ。葛木さまの占いによって助けられた人なんだろう。貸し賃も葛木さまからは取っていないらしい」

「葛木さまの占いの力ってすごいんですね」

「命を救われたか、潰れそうな身代を守ってもらったか、そのくらいの恩があるんだろうな。でなきゃ、自分の家にただで住まわせたりはしない」

多陽人ならばさもあろうと、助松は大いに納得してうなずいた。

やがて、二人はそのお大尽の屋敷の門前までやって来た。敷地は塀で囲まれており、立派な門の奥には鳥が羽を広げたような屋敷が建っている。庄助は門番に挨拶をして中へ通してもらうと、離れの戸口の方へ向かった。

声をかけると、ややあって女中が現れたが、多陽人は出かけているという。

そこで、番頭から言われた通り、庄助は店へ引き返し、助松は多陽人の帰りを待つことにした。女中は中で待てばいいと言ってくれたが、寒い季節のことでもなし、助松は外で待つと断った。

その屋敷の庭には見事な桜の木があった。折しも、ちょうど桜の花がほころび始めた時節である。

桜は梅に比べれば、香りの薄い花であるが、それでもまったく香りがないわけではない。助松は桜の木の下で控えめな香りを思い切り吸い込んだ。

その少し離れたところに、連翹《れんぎょう》の木が何本か、黄色い花をつけている。開花はちょうど桜と同じ時節だが、花の観賞よりも、その実を薬に用いることで知られていた。垣根として植えられることも多いのだが、雌雄異株なので、実をつけさせるには両方を栽培する必要がある。

（この庭には、別々の株が植えられているな）

ならば、薬に使うために育てられているということなのか。そんなことを思いながら歩き回るうち、すでに花は散り、葉が出てきた梅の木の下に、錨草《いかりそう》を見つけた。花が錨の形に似ていることから、錨草と呼ばれるのだが、薄紫色の花が咲くのは桜の季節よりもう少し先で、今はまだ花をつけていない。

だが、「三枝九葉草《さんしくようそう》」という異称を持つこの草は、茎の先が三本の葉柄《ようへい》に分かれ、その先に三枚の葉がつく。梅の木の根元にかがみ込み、その特徴を確認し、間違いな

く錨草だと思った時、

「助松はんやないか」

後ろから覚えのある声が聞こえてきた。

「葛木さま」

人の気配にまったく気づかなかったので、助松は驚いて振り返った。

「人ん家《ち》の庭で何してはるんや」

「すみません。勝手に歩き回って。おいら、葛木さまをお迎えに来たんです。旦那さんがすぐにでも葛木さまに来ていただきたいって」

その直前、誰とも知れぬ者から文が届いたこと、その内容は分からないが、中を読むなり平右衛門夫妻の顔色が変わったことを伝えた。

「ようやく、あちらから何か言うてきたということどすな」

すぐに行きまひょ、と多陽人は言い、家へ寄ることもなく、そのまま歩き出した。

「助松はん、さっきはずいぶん熱心に見てはりましたけど、何を見てたんどす？」

伊勢屋へ向かう道中、いつもの気軽な調子で、多陽人が尋ねてきた。

「さっきは、錨草を見てました。花はまだ咲いてませんでしたけど」

「花も咲いてへんのに、何か面白いことでもあったんどすか」

「錨草は疲れを取ったり、しびれを取ったりするのに、その根を使う薬草ですよね。

他にも、あの庭には連翹も花をつけてました。連翹の種は熱さましや痛み止めに効きます」

　助松がすらすら言うのを、多陽人は興味深そうな目で見つめていたが、やがて声を上げて笑い出した。

「さすがは、薬種問屋の小僧はんや。せやけど、助松はんは奉公に出て、まだそないになりまへんやろ。もうそないなこと、教えてもろてますんか」

「いいえ、お父つぁんから教えてもらったんです」

「そうどしたか。助松はんのお父はんが姿を消されたんは、一年半前のことどしたな」

「はい。そうです」

　何げない多陽人の問いに、助松はうなずいた。そのまま暗い表情を浮かべてしまうのが嫌で、

「お父つぁんは薬を作る仕事も任されてたんです。薬草のことをいろいろと知ってました」

　助松はわざと声を明るくし、誇らしげな表情を浮かべて告げた。

「そうどしたか」

　多陽人が柔らかな物言いで受ける。

「葛木さまももしかしたら、薬を作ることがおできになるんですか。あの庭で薬草を育てておられるんですか」

「まあ、人さまに売れるような薬を作れるわけやおへんが、多少のことは知ってますさかいな。反魂丹《はんごんたん》のようにたいそうな薬は無理やけど、気つけや血止めくらいならな」

「そうなんですか」

助松が感心した様子でうなずいた時、「助松はん」と多陽人が少し声の調子を変えて呼んだ。

「何でしょうか」

いつにない緊張を覚えつつ、助松は硬い声で返事をする。

「助松はんは、私に訊きたいことがおへんか」

多陽人は前を向いたまま、さらりと尋ねた。助松は思わず足を止めそうになったが、相手がすたすた歩き続けるので、慌てて追いかけねばならない。

「どうして、そんなことをおっしゃるんですか」

そう訊き返すのがやっとであった。

「どうして、と訊かれても、分かってしまう、と答えるしかおへんな」

と、当たり前のような口ぶりで、多陽人は言う。

「こうして歩きながら、たやすう口にできるような話やないのも分かってます。せやさかい、伊勢屋はんへ着いたら、私はまず旦那はんのお話を伺いますが、その後、助松はんの話も聞きまひょ」

多陽人はあっさりとした口ぶりで提案してきた。

「でも……」

確かに訊きたいことはある。だが、ここまで勘の鋭い相手に、これ以上ものを尋ねていいものかと、躊躇《ためら》う気持ちが助松の中には生まれていた。

「何もないならそれでええのや。けど、訊きたいことがあるんなら話してみたらどないどすか。私はそない役立たずやないと思いますで」

ああ、助松はんから金を取ろうとは思うてまへん――と、多陽人は軽口めいた口調で続けた。

「助松はんの話を聞ける場所がどっかにありますやろか」

多陽人が首をかしげながら尋ねた時、

「おいらは今、長屋に一人で寝起きしてるんです」

と、助松は答えていた。そこならば人に聞かれることなく話ができる。伊勢屋の客間を借りることもできるだろうが、助松と何の話をするのかと、皆から不審に思われるかもしれない。

「ほな、伊勢屋に着いたら、長屋の場所を教えといておくれやす。助松はんは店を閉めるまで仕事があるやろけど、私の用向きもそのくらいまでかかりますやろ。もし早う終わっても、うまあく時をやり過ごして、六つ過ぎには助松はんの部屋へ行くようにします」

「でも、旦那さんのお話が終わった後、すぐに帰らなかったらおかしいと思われませんか」

助松は尋ねたが、「何も心配おへん」と言うばかりで、多陽人はあっけらかんとしていた。

それで、伊勢屋へ到着した後、助松は平右衛門のもとへ案内する途中、奉公人が寝起きする長屋を示し、自分の部屋の場所も伝えておいた。

「分かりました。ほな、六つ過ぎに」

多陽人はそう言い置き、平右衛門のもとへ向かった。

助松はその時になってもまだ、残る二首の歌について多陽人に尋ねるかどうか、迷っていた。そうしたらもう、父の日記の存在を黙っていられなくなるのではないか、そんな予感があった。

一方で、しづ子の蹟《て》で書かれていた「青旗の」の歌が、父の日記にも書かれていたことを、これ以上黙っていてよいものか。そのことへの後ろめたさも生まれていた。

（おいら、どうしたらいいんだろう。お父つぁん）

助松は答えを出すことができぬまま、店の仕事へと戻っていった。

三

その日の店じまいを終え、助松が自分の部屋へ戻ったのは、暮れ六つを少し過ぎた頃であったが、多陽人が現れたのはそのすぐ後であった。まるで計ったかのような現れ方に、

「もしかして、葛木さまはどこかでおいらが来るのを見てらしたんですか」

と、助松は尋ねてしまった。

「そんなら、助松はんがこの部屋へ入る前に、私の姿に気づくどすやろ」

多陽人は笑いながら言い返す。確かにその通りで、助松が部屋へ戻って来た時、周辺に人影はなかった。

「たまたま、私の方のお話も終わったところやったんや」

多陽人の言葉に、何となく釈然としない気持ちは残ったが、助松はうなずき、多陽人に座るよう勧めた。

「して、助松はんの心は決まったんどすか」

多陽人はすかさず尋ねてくる。

助松はおもむろにうなずき返した。ここへ戻るまでにさんざん悩んだが、結局、残る二首の歌のうち、まずは一首を尋ねてみようと心を決めてきたのである。

尋ねる歌については、もうずっと前に紙に書き写してあった。

助松は多陽人にその書きつけた紙を渡しながら、

「この歌について、今までのようにくわしく教えてほしいんです」

と、言った。

多陽人は紙を受け取ると、さっと目を通した。表情にこれという変化はない。ややあってから、多陽人は顔を上げた。

しなざかる
越《こし》に五年《いつとせ》
住み住みて
立ち別れまく
惜しき初夜《よひ》かも

「しなざかる——という枕についてては、前にお嬢さんも交えて、話をしたことがありましたな」

多陽人はじっと助松の顔に見入りながら尋ねた。そのことは必ず話題に上るだろうと、助松も前もって心づもりしていた。

「はい。『しなざかる』という言葉の入った歌を教えていただきました。その中から『あしひきの』で始まる長歌を、お嬢さんが手本に書いてくださって」

「そやそや。お手本に書いてもらう歌を探してはりましたな。あん時、助松はんは『あしひきの』の歌を聞くとすぐに、この歌がいいと言わはりました。すべての歌を聞かへんうちのことや。変やと思わん方がどうかしてますやろ」

助松には返事のしようがなかった。

「それやのに、今日は『しなざかる』の別の歌を示してきはった。しかも、その歌はあん時、私が口にしなかった二首のうちの一首や」

もちろんあの時も、父が書き残した六首の中に、「しなざかる」で始まる歌があることは分かっていた。だから、黙っていれば、多陽人がこの歌を挙げるだろうと予測もできた。

しかし、当時はとにかく一首ずつ、日記に出てくる順番に片を付けていきたかった。だから、「あしひきの」の歌でなければならなかったのだ。

だが、あの時、黙ってすべての歌を聞き届けていれば、今、こうして問い詰められることはなかったかもしれない。助松はうつむいて無言を通すしかなかった。

「しなざかる、とは『越』を導く枕やということは覚えてはりますな」

突然、話を変えた多陽人に、助松は目を向けた。返事をしないでいたら「忘れてましたんか」と問われたので、「いいえ、覚えてます」と、慌てて答えた。

「この歌の作者は『あしひきの』の歌と同じく、大伴家持公や。家持公が国守として越中に赴任した話も前に出ましたな。この歌は国守の任期を終えて、帰京する時に詠《よ》まれたものや。越中には五年暮らしたが、いざ立ち去る時になると、この土地が名残惜しい、というような意味や」

「あしひきの」の歌には、都を離れたことへの憂鬱《ゆううつ》な気持ちが詠まれていたから、越中で暮らすうちに、大伴家持の気持ちも変化したことが分かる。

だが、この二首に共通する点や連続したものを読み取ることはできても、その間に倭大后《やまとのおおきさき》の「青旗の」の歌と、有間皇子の「磐代の」の歌が入っている。四首のつながりはさっぱり分からない。

(倭大后の歌と有間皇子の歌は、どっちも人の死を詠んだもので、関わりがあるように思えたんだけど……)

そんなことを思いめぐらしていると、

「『あしひきの』と『しなざかる』は作者も同じで、どっちも越中を詠んではるのに、

『磐代の』の歌だけが違う――そないなことを考えてはるんどすか」

と、急に多陽人が言い出した。胸がどきっとしたのを悟られまいとしていると、

「それとも」とさらに多陽人は言い続ける。

「『青旗の』の歌も、そこに加えた方がええんやろか」

この歌だけは、助松が自ら意味を尋ねたわけではない。しづ子が書き送ってきたこの歌について尋ねたのは、伊勢屋平右衛門である。だが、多陽人はこれらの歌に共通する何かに感づいているのかもしれない。

「越中は昔、大伴家持公が治めてはった土地で、今の富山藩や。その富山の薬種問屋と、伊勢屋は取り引きをしてはる。助松はんのお父はんは一年半前に、その富山で行方知れずにならはった。ついこの間、お嬢はんに近付いてきたお侍の名前が、字は違えど家持公と同じ『大友』はんや。その大友はんと一緒に、お嬢はんは姿を消さはった。そんで、助松はんは家持公の越中の歌をやたらと聞きたがる。これは、たまたまなんかやおへんやろ」

多陽人は決して昂《たかぶ》らず、淡々とした調子で語った。

助松は再び、うつむいてしまっていた。

多陽人が口を閉ざしてから、しばらくの間、部屋の中はしんと静まり返っている。

多陽人は助松の返事を待っている様子であったが、助松が何も言わないでいると、

「こんだけのことが重なっても、守らなあかん秘密なら、それはどえらいもんや。私はもう何も言いまへん」

と、多陽人は言った。決して冷たい声で言われたわけではなかった。多陽人の声の調子は何を言っても、いつも飄々《ひょうひょう》として軽やかである。

それでもこの時、助松は多陽人から突き放され、今までの縁を断ち切られたような寂しさを覚えた。二度と元には戻れない、もう永遠に多陽人は自分のことを気に留めてもくれない、そんな気がした。

そう思った途端、それは限りない恐怖となって、助松に襲いかかってきた。多陽人からそういう扱いを受けることに、自分は決して耐えられないだろうと思った。

「話しますっ！」

助松は顔を上げ、これまでこらえていたものをすべて吐き出すような勢いで言った。

すると、何かが胸の底からわあっとあふれ出してきた。

うわーん――それが自分の口から漏れる嗚咽《おえつ》であると、しばらくの間、助松は気づくことさえできなかった。ただ、痛みと心地よさを同時に感じるような感覚が全身を包んでいた。

耳もとでわんわん鳴り響くように聞こえる騒音が、実は自分の泣き声だったと気づいたのは、激しく昂るものが収まり、泣き疲れてからのことであった。

助松が泣きやむまで、多陽人はただ黙って待っていてくれた。慰めの言葉を吐くでもなければ、肩を抱いたり頭を撫《な》でたりしてくれるわけでもない。だが、傍らで見守ってくれることの安心感は常にあった。

助松は手拭いで泣き顔を拭うと、柳行李《やなぎごうり》の中に腕を思い切り突っ込んで中を探り、一番下にしまっておいた紺色の帳面を取り出した。

「お父つぁんがおいらに託したものです。このことは誰にも言うなって、いなくなる前に言ってました」

一度心を決めてしまうと、後は何の躊躇《ためら》いもなかった。

「それで、助松はんは口にできひんかったのやな」

多陽人は納得した様子でうなずき、帳面を手にした。

「もちろん、このことは誰にも言わへんし、言う必要が生じた時は、助松はんに話します。悪いようには決してせえへんさかい、心配せんといておくれやす」

そう言う多陽人の言葉に、助松は大きくうなずいた。

「なるほど、助松はんはここに書かれた歌について、内容を聞きたがってはったわけやな」

多陽人は一葉、一葉をめくりながら、歌を確かめているようであった。「一首、二首、三首……」と呟《つぶや》きながら帳面をめくっていた多陽人の手が、不意に止まった。

「案の定、五首目の歌も『万葉集』からや」

あえて『万葉集』から選んでいるのだろうと、多陽人は言った。その理由はやはり、『万葉集』を編纂《へんさん》した大伴家持と越中——つまり、富山との関わりの深さが関係しているに違いないと、さらに告げる。それから、多陽人は五首目の歌を口ずさんだ。

伊勢《いせ》の海の
磯《いそ》もとどろに
寄する波
恐《かしこ》き人に
恋ひわたるかも

「これは、恋の歌やな。これまでの四首とは様子が違う」

多陽人が少し意外なふうに呟いた。

「どういう意味なんですか」

肩の荷を下ろした助松は、純粋な気持ちで素直に尋ねることができた。こんなことは初めてであった。

「これは、笠郎女《かさのいらつめ》という人が作った歌や。伊勢の海に打ち寄せる激しい波のように、おそれ多いあなたを恋し続けています——というような意味やなあ」

「大伴家持公や富山とは、関わりないんですか」

「富山とは関わらんやろけど、笠郎女という人は大伴家持公への恋の歌を仰山《ぎょうさん》作ってはるんや」

「なら、この歌もそうなんですか」

「そうなんやろ。だから、どう関わるかと言われると、まだ何とも言えへんが……」

多陽人はこの歌の話をそれで切り上げ、さらに帳面をめくり出した。そして、最後に文字が書かれたところで、その手は止まった。

「からころも裾に取りつき泣く子らを置きてそ来のや母なしにして。これが最後の歌やな」

多陽人の呟きに、助松はうなずいた。

「その歌については、前にお嬢さんにお尋ねしました。その歌の前に、おいらの名前が出ていたんで、最初に知りたくって」

助松の言葉に、今度は多陽人がうなずき返す。

「お父はんと別れる時、助松はんは泣かんかったんやな。それを立派やと書いてある」

「おいらが泣き虫だったから、そんなふうに書いたんだと思います」

ついさっき、多陽人の前で大泣きしたことを思い出し、恥ずかしさにうつむきながら、助松は言った。

「けど、そうなると、『からころも』の歌は助松はんとは違うことになりますな。『からころも』の子供は泣いてはるんやから」

「そこはおいらも分からないですけど、そもそもここに出てくる歌は、お父つぁんの日記の内容と関わってるんでしょうか」

助松が尋ねると、多陽人は「それや」と意を得た様子で大きくうなずいた。

「これまで出てきた五首は、まったく関わりないと見えましたけどな。最後の歌は関わってるようや。母親のいない子供を置いて、父親が去って行くありさまが同じやさかいな」

歌の子供が泣いているのに、助松は泣いていないという違いより、父親が去るという同じ点を見るべきなのか。あるいは、歌と日記の記述は一切関わりないと考えるべきなのか。それは、今の段階では何とも言えないと、多陽人は言った。

「もう少し考える暇《いとま》が欲しいところやな」

独り言のように呟いた後、多陽人はじっと日記を見つめ、それから助松に目を向けた。

「考えるには、この日記をじっくり読み込むことも必要や。とはいえ預からせてもらうわけにはいかへんさかい、今からここで書き写させてもらえへんやろか」

「えっ、書き写すって全部じゃないですよね」

助松の問いかけに、多陽人は何とも答えず、ただ微笑を浮かべただけであった。

「まあ、一晩中ここで書き写させてくれなんて言わへんさかい、安心しておくれやす。そや、助松はん、まだ夕餉は食べてまへんのやろ。すぐに行って来たらええ。その間だけ、私はここで書き写させてもらいまひょ」

「でも、葛木さまは……」

「私のことは気にせんでええ。家に帰ったら夕餉の膳が待ってますさかいな」

そう言われると、急に腹の虫が鳴いた。

「早うお行きやす」

と、多陽人に急《せ》かされ、「それなら」と助松は部屋を出た。

夕餉の膳は仕事が終わった者から順に、台所へもらいに行くことになっている。自宅から通いの者は食べずに帰るし、手代の中には外へ食べに行く者もいたから、夕餉の膳は皆が一緒に囲むわけではなかった。

とはいえ、遅くなってから台所へ行けば、不審に思われるかもしれないので、多陽人の配慮はありがたかった。

（葛木さまは、歌だけ書き写すおつもりなんだろうか）

歌だけならばさほどの時はかからないだろう。いや、あの多陽人のことだから、六首の歌はすでに暗記しているに違いない。ならば、歌が登場した日付だけ書き写すつもりなのか。そこまで考えた時、ふと奇怪な考えが浮かんだ。

（まさか、筆で書き写すんじゃなくて、頭の中に書き写すおつもりなんじゃないよな）

考えたそばから、助松は胸の中で笑ってそれを打ち消した。いくら何でもあり得ない。そう思う一方で、もしかしたらあり得るかもしれないとも思い、助松は何となくぞっとした。

（葛木さまは「しなざかる」と聞いただけで、すぐに歌を言い当てられたし）

あのようなことは、『万葉集』の歌をすべてとは言わないまでも、相当暗記していなければできないことではないのか。といって、四千五百首もの歌を丸ごと覚えられる人がこの世にいるとは、助松には想像もつかなかった。

全部書き写すわけではないのだろうと尋ねた時、なぜ多陽人は微笑《ほほえ》むだけでうなずかなかったのだろう。そんなことを考えながら食べた夕餉の膳は、ほとんど味も分からなかった。

食事を終えて急いで部屋へ戻ると、多陽人は悠然と座っていた。直前まで忙《せわ》しく筆を動かしていたというふうでもない。助松の机を見ると、筆や墨を使った跡もなかった。

「ああ、筆も紙も私が持参したのを使いましたんでな。お父はんの日記はちゃんとお返ししますで」

そう言って、多陽人は紺色の帳面を助松に差し出してきた。

「ほな、少し考えさせてもろて、何か分かったら、必ず助松はんに知らせに来ますよって」

多陽人はそう言い置くなり、助松の部屋を出て行った。戸口の外まで見送ったが、そこでよいと言われる。まだ月も昇らぬ宵の空の下、遠ざかる背中が暗闇に溶けるように消えていくのを、助松はぼんやりと見つめていた。

第六首　みやじろの

一

葛木多陽人が助松のもとに現れたのは、翌日の二月晦日《つごもり》のことであった。じっくり考えると言っていたから、数日はかかるだろうと思っていたのに、たった一日で読み解けたということらしい。

また、昼間は店の仕事がある助松のことを考えたのか、暮れ六つ過ぎ、助松が夕餉《ゆうげ》の膳を食べ終えて、自分の部屋へ戻ったのを見計らったかのように、多陽人は現れた。

「葛木さまはどこかでおいらのこと、見張ってたんですか」

という助松の問いには、謎めいた微笑を浮かべるだけで答えようとしない。その代わり、さっさと部屋の中に入り込むや、

「助松はんのお父はんの書き残した歌の意味が、大方分かりましたで」

と言い、懐から紙を取り出した。半紙を継ぎ合わせた長い紙を広げて、床の上に置く。

右端から順に和歌が綴《つづ》られていた。父の日記に出てきた順番通り、一から六までの数字が振られている。

一、あしひきの　山坂越えて　ゆきかはる　年《とし》の緒《を》長く　しなざかる　越《こし》にし住めば
二、青旗《あをはた》の　木幡《こはた》の上を　かよふとは　目には見れども　直《ただ》に逢《あ》はぬかも
三、磐代《いはしろ》の　浜松が枝《え》を　引き結び　真幸《まさき》くあらば　また還《かへ》り見む
四、しなざかる　越《こし》に五年《いつとせ》　住み住みて　立ち別れまく　惜しき初夜《よひ》かも
五、伊勢《いせ》の海の　磯《いそ》もとどろに　寄する波　恐《かしこ》き人に　恋ひわたるかも
六、からころも　裾《すそ》に取りつき　泣く子らを　置きてそ来《き》のや　母《おも》なしにして

「一首目のみ、短歌やのうて長歌や。それは前に説明したけど、お父はんの日記に記された部分だけをここには書かせてもらいました」

まず、多陽人はそう告げた。助松は緊張した面持ちで、無言のままうなずいた。

「先に言うときますが、歌と日記に関わりはおへん。歌が書かれた当日の記述が、歌

のない日の記述と違《ちご》てるわけやない。ここでは、やはり歌のみが何かを言い表そうとしてる、そう考えるのが正しい答えどすやろな」

「この六つの歌に何か関わりがあるということですか」

助松の問いかけに、多陽人は口もとを綻ばせると、「その通りどす」と答えた。

「けど、おいらにはばらばらに思えました。どこかにつながりがあるなんて……」

「それを助松はんにお話しするんが、私の役目どす。まあ、焦らず、これらの歌をもう一度、よく見ていきまひょ」

多陽人は飄々《ひょうひょう》とした調子で告げてから、歌の書かれた紙に目を向けた。

「助松はんの言う通り、これらの歌は一見、ばらばらに思えます。長歌と短歌が混じってるのもそうやし、一首目と四首目が「越《こし》」、二首目が「木幡《こはた》」、三首目が「磐代《いはしろ》」、五首目が「伊勢《いせ》」と地名を詠《よ》み込んでるのに、六首目のみ地名がないのもそうや。まあ、『万葉集』には作者が信濃《しなの》の人だとありますが。けど、登場した地名に関わりがあるかというと、越中に伊勢に信濃、木幡が山城国《やましろのくに》、磐代が紀伊国《きいのくに》、これもばらばらどす」

そこまで一気に語った後、多陽人は一息吐《つ》いた。

「ほな、内容はどうやというと、一首目が越中に赴任した時の鷹狩《たかが》り、二首目が夫の死を悼む后《きさき》の心、三首目が無実の罪で死ぬ皇子《みこ》の無念、四首目が越中を去りがたい思い、五首目が恋、六首目が子を置いて去る防人《さきもり》の思いと、これもばらばらなんどす」

「あのう、お聞きしてると、何も関わりはないとしか思えないんですけど」

多陽人が再び息を吐いたところで、助松は遠慮がちに口を挟んだ。

「その通りどす。歌の意味だけをそのまま取っていたら、関わりはおへん」

「それじゃあ」

「ここに、助松はんのお父はんの話を持ってくると、見え方が変わってきますのや」

と、多陽人は突然、目を助松の方に向けて言った。

「え、お父《とっ》つぁんの話？」

助松は目を大きく見開いた。

「分かりやすいのは最後の歌どす。これは、母のいない子供を残して、家を去らなあかん親の思いを詠んだ歌。失踪する直前のお父はんそのものと言えますやろ」

「それは、そうですけど」

「ほな、その前の歌はどないどすか」

助松は紙に目を向け、「伊勢の海の」の歌を見つめた。六首のうち、この一首のみ恋の歌である。

「お父つぁんが誰かを好きになったというんですか？」

助松が納得できぬ顔つきで尋ねると、多陽人はおかしそうに軽やかな声を上げて笑い出した。

「そりゃあ、誰かを好きになったことくらい、お父はんにもあるやろけど、そこやのうて、今見てほしいのはこっちの方や」

そう言って、多陽人は五首目の歌の冒頭「伊勢」という部分を、いつの間にやら取り出した扇子の先端で、とんとんと叩《たた》いてみせた。

「伊勢……？」

「そう聞いて、助松はんがすぐに思いつくのは何どすか」

唐突に多陽人から問われ、助松は「ええと、それは……」と呟《つぶや》きながら焦ったが、

「伊勢屋……ですか」

と、初めに思いついたものを答えた。

「そうやろ。『伊勢』という言葉で思いつくのはここの店、伊勢屋はんや。助松はんのお父はんとも深いつながりがある」

「そりゃそうですけど」

そう聞いても、助松は何となくすっきりしない気持ちであった。

「ところで、助松はんはお父はんが伊勢屋で働く前のことを、何か知ってはりますか」

「えっ、伊勢屋で働く前？」

助松はきょとんとした。伊勢屋で働いていない父の姿など、思い浮かべてみたこともない。

「その様子やと、知らへんのやろな。物心ついた時にはもう、お父はんは伊勢屋で働いてはったちゅうことどすか」

「はい。そうですけど」

「せやけど、お父はんかて十代の若者の頃もあれば、もっと幼い子供の頃かてあった。まさか生まれた時から伊勢屋で働いてたわけあらしまへんやろ」

「それは、そうなんでしょうけど」

「お父はんは今の助松はんみたいに、小僧の頃から伊勢屋で働いて手代になったんやろか。それとも、別の店から移ってきたんやろか。そうやとしたら、前の店はどないな店やったんどすやろ」

続けざまに問いかけられて、助松は焦った。考えてみれば、若い頃や子供の頃の父がどこでどんなふうに過ごしていたのか、聞いたことはない。

「おいら、何にも……」

助松は困惑したように首を横に振る。

「ほな、お母はんのことはどないどす？　お父はんに尋ねたことくらいありますやろ。その時、お父はんは何と言わはったんどす」

「おいらを産んだ後、病にかかって死んだとしか。優しくて体の弱い人だったと聞きましたけど」

「ほな、お母はんの親御はん、つまり、助松はんのお祖父《じい》はんやお祖母《ばあ》はんに当たるお人のことは、どないに聞いてます？」

助松は首を横に振るしかなかった。母の実家のことについては何一つ聞いていない。

「おっ母《か》さんのこと、あまり根掘り葉掘り尋ねるのは、何だかいけないような気がして……」

「ほな、お父はんの親御はんのことはどないどすか」

「二人とも亡くなったと聞きましたけど」

「それが、そもそもおかしいんどす」

多陽人はさらりと言った。

「ふつうは、どない遠くに暮らしていようと、あるいは亡《の》うなっていようと、我が子には己の親のことを話すもんや。話せない事情がない限りはな」

「話せない事情……」

「それがあると考えて、ほぼ間違いのうおすやろな」

父が自分の生い立ちや母についてあまり話さないことに、助松も気づいてはいた。

少し寂しく思うことはあったが、両親も妻も亡くした父にとって、その話は気が進まないのだろうと考えた。祖父母や母について聞きたがることは、父との二人暮らしに不満があると言うようなもので、父を困らせるのではないかと思いもした。だが、そんなふうに気を回さず、もっと尋ねておけばよかったのではないか。

　そうすれば、父も打ち明けてくれたかもしれない。父が助松の前からいなくなる事態にはならなかったかもしれない。何の根拠もないが、そんな考えが浮かんできてしまい、助松は苦しくなった。

「助松はん、おそらくあんたのお父はんは昔、越中――つまり、富山に暮らしていたことがあるんやないやろか」

　不意に、多陽人が切り出した言葉に、助松は思わず「えっ」と声を上げた。

　富山は父が失踪した場所として強く意識してきたが、父がかつてそこに暮らしていたなどとは考えてみたこともなかった。だが、

「根拠のない話やおへん」

　と、多陽人は自信ありげに言う。

「ここの伊勢屋はもともと油問屋で、途中から薬の商いを始めたお店どしたな」

　そのことは伊勢屋の者なら誰でも知っている。助松も知っていたから、うなずき返した。

「薬を売り始めたのはそない昔やのうて、十年と少し前くらいやとか。助松はんが生

まれた頃の話になりますな」

「その話なら、おいらも聞いたことがあります」

「ほな、お父はんが伊勢屋で働き始めたのも、ちょうどその頃なんやおへんか。油問屋から移ってきたのでない限りはな」

そういえば、父が油問屋の仕事について語るのを聞いたことはないと、助松は頭の中で確認した。

「油問屋で働いていたんなら、そないな話が何かの折に出ても不思議はおへん。それに、助松はんのお父はんは薬を作る仕事もしていたと、前に言うてはりましたな。となれば、薬種問屋の仕事を一筋にやってきたと考えた方が辻褄も合います」

「それじゃあ、お父つぁんはもともと富山の薬種問屋で働いていたってことなんでしょうか」

「働いていたかどうかは分からへんけど、薬の産地である富山で、薬と関わることをして暮らしていた、そう考えて差し支えはないやろと思います」

そこで、多陽人は四首目の「しなざかる」の歌を、扇子の先端で示した。

「お父はんは何らかの事情で、この歌のように富山を去ることになった。そこから遡《さかのぼ》って三首目の歌や」

多陽人の扇子の先端は「磐代の」の歌を示している。

「この歌は、無実の罪を着せられた皇子の思いの歌や。もう助からへんという時になって、それでも幸いを願う気持ちを詠んだもの。となると、お父はんも何か無実の罪を着せられて、富山を去らなあかんようになったと考えられます。さらに遡って二首目の歌は、夫の死を悼む后《きさき》の歌や」

「誰かが富山で死んだということなんでしょうか」

「そうやな。たとえば、助松はんのお母はんのことかもしれまへん。せやけど、これは夫を亡くした妻の歌どす。妻を亡くした夫の歌が『万葉集』に無いならともかく、いくらでもあります。たとえば、大伴旅人公は亡き妻を悼む歌をいくつも作ったお人や。『吾妹子《わぎもこ》が植ゑし梅の樹《き》見るごとにこころ咽《む》せつつ涙し流る』などは、ちょっと『万葉集』をかじった人ならすぐに思いつきます。それを選ばず、あえてこの歌を選んだ意味を、私は考えてみました」

葛木多陽人の説明はよどみなく続いていく。

大伴旅人の梅の歌を紹介された時、助松の意識は一瞬、別のことに飛んだ。

同じ作者の梅の歌を、しづ子に教えてもらった時のことが、頭をよぎっていったのだ。違う歌だが、梅の花を雪にたとえたあの歌は美しかった。

しづ子は無事だろうか――と思った時、

「この『青旗の』の歌は、亡うなった人の魂を詠んでるんどす」

という多陽人の言葉によって、助松の意識は再び六首の歌の方に振り向けられた。

「死んだ人の魂は山に上って、雲になったりするという話でした」

「そうどす。『目には見れども』と言うてますから、雲のように見えるものに変わったありさまを詠んでるのやと思います。ここで、大事なんは魂が消えてなくなったりせず、よみがえると考えられてることや」

魂がよみがえる――そう聞いて思いつくものはおへんか、と多陽人から問われ、助松は少し考えたが、首を横に振るしかなかった。多陽人はそれ以上、助松から答えを引き出そうとはせず、

「反魂丹《はんごんたん》や」

と、答えを明かした。

「えっ、反魂丹?」

あれは腹痛を治す薬だ。魂を呼び戻すわけではない――と思った時、その名前との類似にようやく助松は気づいた。この薬の名前に「魂」という言葉が入っていることは知っていたが、薬の作用と直《じか》に関わりがなかったため、うっかりしていた自分が情けない。

「反魂丹は富山で作られる薬どすが、もともとは古い支那《しな》の逸話に出てくる霊薬で、死んだ人の魂を呼び戻すもんや。薬やのうて香のこともありますけどな。その場合は

反魂香《はんごんこう》といいます。それはええとして、富山の薬がそう名付けられたんも、『魂を反《かえ》す』くらい効き目があるちゅう意味合いどすやろな」

その多陽人の説明の言葉に、ある人物の声が重なって聞こえてきた。

——それにしても、反魂丹の効き目はすばらしい。魂を反すとはよく言ったものだ。

そう言ったのは、大友主税《ちから》であった。そのことを思い出して、助松は「あっ」と声を上げた。

「同じことを、あの大友さまが口になさっていました。神田明神の門前で、反魂丹を飲んで具合がよくなられた時のことです」

「なるほど、あの時、大友はんが口にしてはった歌が『大君《おほきみ》の和魂《にきたま》あへや豊国《とよくに》の鏡《かがみ》の山《やま》を宮と定むる』どしたな。この歌も魂を詠んだものや」

いろいろなことがつながってくる。まだ分からない部分や見えない箇所があるにせよ、核心に近付いているという手ごたえを感じて、助松は昂奮《こうふん》した。

「まあ、この二首目の歌は反魂丹に関わってる、ということでええのやと思います。お嬢はんが行方知れずになってすぐ、この歌を書き送ってきたのも、この一件に反魂丹が関わっていると暗に知らせるためやったとすれば筋が通るさかいな」

そして、初めの一首や——と、ついに多陽人の持つ扇子の先端は、「あしひきの」の歌に向けられた。

「この歌は長歌やけど途中で終わってます。要するに、書かれてへん部分は考えんでもええということや。この歌では「越に住んだ」、つまり富山に住んでいたことだけ注目すればええ」

ここで、頭から順におさらいしますで――と言い置き、多陽人は初めの一首に扇子の先端を当てたまま、とんとんとそれを動かした。

「助松はんのお父はんは『富山に住んでいたものの』」

という言葉の後、扇子は二首目の歌へ移動する。

「『反魂丹と関わり』『無実の罪を着せられて』『富山を去ることと相成り』『伊勢屋へ身を寄せはった』そういうことや」

多陽人が言い継ぐ間、扇子の位置は二首目から五首目の歌へと移動していた。最後に、扇子は六首目の『からころも』の歌を指す。

「そして、『母のない子を残し、家を出ることになった』」

おもむろに告げた後、多陽人は改めて助松を見つめた。

「お父つぁんは……」

そのことを自分に言い残したかったのだろうか。ふと思い浮かんだ言葉を、助松は慌てて呑《の》み込んだ。言い残すなどと、まるで父が亡くなったみたいではないか。

今、訊《き》きたいのはそんなことではない。

「お父つぁんは……今、どうしてるんだろう」

助松は呟いた。

もし無実の罪を着せられたというのが事実であれば、そんな危ない富山へ、父は何をしに行ったのだろう。伊勢屋の主人の命令で逆らえなかったということか。それとも、父自身が富山でやり残したことがあり、自ら望んで富山へ出向いたのか。

「助松はん」

これまでになく優しい声で、多陽人が呼んだ。今、優しくされたなら、泣き出してしまうかもしれない。だが、多陽人には、昨日大泣きする姿を見せたばかりである。これ以上、あんな姿を見せるわけにはいかない。

(第一、おいらはお父つぁんが帰ってくるまで、泣かないと約束したじゃないか)

己を叱咤《しった》し、助松は泣くのをこらえた。

「お父はんは出かける前に、これを書いて助松はんに託さはったのや。それだけ自分の立場をよう分かってはったということやし、用心もしてはったはずや」

「お父つぁんは生きてるということですか」

「それはそうやろ。亡骸《なきがら》かて見つかったわけやおへんのやし」

「それなら、お父つぁんはどうしておいらのところへ帰って来てくれないんだろ」

「それこそ、出来ん理由があるんどすやろな」

「お嬢さんがいなくなったことに、お父つぁんが関わっていることは……？」

助松の声は震えた。最も怖いのは父が死んでいるという結末だが、次に怖いのがこれだった。

「それはあり得ると思います」

言葉を包み隠さず、多陽人ははっきり告げた。

「十年前の富山のことを明らかにしろと言うてきたことも、助松はんのお父はんと無縁やとは思えへんしな」

「だとしたら、お父つぁんは伊勢屋の旦那さんに恨みでも持ってるんでしょうか。だから、お嬢さんを連れ攫《さら》ったりしたんでしょうか」

あの大友主税は父の大五郎とつながっていたのか。大五郎が伊勢屋平右衛門に何らかの恨みを持っているとすれば、一年半前の失踪に関わることか。そうだとしても、しづ子を巻き込んだのは正しいことなのか。自分は一体、誰を信じたらよいのだろう。

「助松はん」

再び優しい声で、多陽人は呼んだ。

「分からんことは無理に答えを出すもんやない。自分の目で、耳で確かめ、頭でしっかり考えてから答えを出すものや」

「葛木さま……」

「その折は必ず来ますさかい、もうしばらくだけ辛抱しておくれやす」

「もうしばらく……」

「伊勢屋の旦那はんはお嬢はんを取り戻すため、間もなく動かはります。昨日届いた文で、あちらから呼び出しがありましたさかいな。助松はんが動くのもそん時や」

気負いがなく、揺るぎない多陽人の言葉をありがたいと思いつつ、助松はそっとうなずき返した。

二

同じ頃、どことも知れぬ江戸の外れの一軒家で、しづ子は千枝に見張られながら、やや窮屈な日々を過ごしていた。大五郎や主税はしづ子の目につかぬことも多かったが、千枝はほとんどしづ子から離れない。

同い年くらいの若い娘がずっと二人で一緒にいれば、そのうち心を寄せ合うこともできるのではないかと、しづ子は少し期待していた。何も自分は大五郎たちに敵対しているわけではない。大五郎は父の平右衛門を疑っているようだが、父が何をしているにせよ、しづ子のあずかり知らぬことであったし、大五郎もそれは分かっているはずだ。自分はむしろ大五郎たちに力を貸しているようなものなのだから、もう少し事情を聞かせてくれてもいいのに、としづ子は考えていた。

大五郎や主税を動かすことは無理でも、千枝の気持ちを変えることなら可能ではないのか。何とかして、千枝と親しくなり、話を聞き出そう。そう考えていたのだが、しづ子の目論見《もくろみ》は大きく外れた。

三日過ぎても、四日過ぎても、千枝のそっけない態度は変わらないのである。起きている時も寝ている時も、常に一緒だというのに、しづ子への親しみが千枝の中に生まれた気配は感じられなかった。

そして、しづ子がここへ来て五日目となる、二月晦日のこと。ようやく千枝の態度に、ほんの少しの変化をしづ子は見出《みいだ》した。

「どうぞ」

昼の八つ（午後二時頃）時に、千枝が餅菓子《もちがし》を差し出してきたのだ。

もちろん食事は与えられていたから、ひもじい思いなどはしていなかったが、甘い菓子はちょっとした贅沢《ぜいたく》である。そういう細かい気配りは男のものというより、女である千枝によるものではないかと思われ、しづ子は少し嬉《うれ》しくなった。

「お餅に胡麻《ごま》がまぶしてあるのですね」

しづ子は皿を受け取り、笑顔を見せた。千枝はしづ子からすぐに目をそらした。

「茶を淹《い》れてまいりましょう」

淡々と言い置き、再び座を立つ。そんな千枝の態度を、しづ子は照れ隠しだろうと思った。

胡麻風味の餅の中に餡《あん》が入っているのだろうか。かすかに甘い餡の香りを吸い込みながら、しづ子はそう思った。その時、ふと何かがおかしいと感じた。何だろうと考えていると、胡麻の風味がまったくしないことだと、やがて気づいた。新しい胡麻を使っていれば、よい香りがするはずなのに。古い胡麻を使っているのだろうか。だとしたら、湿気を吸い込んで味が悪くなっているかもしれない。

いや、せっかく千枝が用意してくれた餅菓子だ。文句など言っては罰当たりだし、顔色に出してもいけない。味に多少の不満があったとしても、そんなことはおくびにも出さず、おいしいと言おう。そんなことを考えながら菓子を見つめているうちに、台所の方から声が聞こえてきた。

何と言っているかまでは聞き取れないが、千枝が誰かと声高《こわだか》に言い争っているようだ。もう一人の声は大五郎か主税か分からなかった。しづ子が手にしていた皿を置いて、立ち上がろうとした時、

「お嬢さんっ！」

大声と慌ただしい足音が耳に飛び込んできた。声は主税のものである。

「大友さま……？」

驚きの余り、戸に目を向けたまま立ち上がるのも忘れていると、

「食べるな」

主税が部屋へ踏み込むなり、大声で叫んだ。

「えっ、この菓子のことですか」

しづ子は目を菓子に向け、再び皿を取り上げようとした。

「触れてもならぬ」

さらに、主税の怒声が飛んできて、しづ子は思わず手を引っ込めた。

「どういうことでございますか」

しづ子が主税に目を向けると、主税は菓子を睨《にら》むように見つめながら、

「食べておらぬな」

と、しづ子に確認した。

「はい。まだ」

しづ子の返事に、主税の全身から緊張がほどけていく。

この菓子に毒でも入っていたということだろうか。だとしたら、毒を入れたのは千枝なのか。しづ子が息を呑んだ時、主税の後ろからもう一つの人影が現れた。

千枝が病人のような蒼白《あおじろ》い顔で立っている。その姿は消え入りそうなほど頼りないのに、しづ子に向けられた両眼《りょうめ》だけは激しく燃えていた。

(千枝さんは私を憎んでいる――)

これまでまったく親しみを見せてくれないと恨めしく思っていたが、そうではなかった。千枝はやっとの思いで、しづ子への憎しみを隠し通していただけなのだ。

(でも、どうして私が……)

千枝からそうも激しく憎まれなければならないのか。千枝は大五郎や主税と深いつながりがあるのだろうし、大五郎は父の平右衛門を疑っている。が、当事者の大五郎でさえ、しづ子に憎しみを向けようとはしないのに、どうして千枝が――。

それが、しづ子にはどうしても分からなかった。

「どうして、主税さまはお止めになったのですか」

千枝は主税の背中に尋ねた。

「当たり前のことをしたまでだ」

主税は振り返り、千枝に激しく言い返す。

「そなた、あの餅に朝鮮朝顔の種をまぶしたであろう」

「そうですけれど、それが何か」

「それを口にすればどうなるか、そなたは分かっていたはずだ」

「もちろんですとも。口が渇き、吐き気を催し、息は乱れ、時には気が遠のく」

「分かっていたのなら何ゆえ」

主税の問いに、千枝はうっすらと笑い返した。

「決まっているではありませんか。私たちを苦しめた男の娘が、何の罪の意識も持たず、恐れも脅《おび》えもせず暮らしている。そのことに我慢がならなくなったからです」

「今に始まったことではあるまい」

「私は武家の娘です。その私がなぜ、卑しい商人《あきんど》の娘などにかしずかねばなりませんの？」

千枝の返事に、主税は大きな溜息《ためいき》を漏らした。

「さように思うのならば、そなたはもう富山へ帰れ」

突き放したような声で言うと、主税は千枝に背を向けた。

「事が果てるまでは帰れませぬ。私は主税さまのお役に立ちたくて、ここまで参りましたのに」

千枝の声が初めて激しい熱を帯びた。

「役に立つどころか、足手まといになっている」

主税は振り返りもせず、冷ややかに言い放つ。

しづ子は千枝の顔に目を向けた。一瞬の後、二人の目が合った。

千枝は屈辱に激しく傷ついたという表情を浮かべ、顔を背けた。小さな嗚咽を漏らすと、この場にいるのは耐えがたいという様子で、走り去っていく。

「……よろしいのですか」

じっと動かない主税に、恐るおそるしづ子は尋ねた。

「一人で考える時も必要だろう」

「富山へお帰しになるおつもりなのですか」

しづ子がさらに問うと、主税がうな垂れていた顔を上げた。

「お嬢さんは千枝のことを案じているのか」

主税の両眼には不可解な色が浮かんでいた。改めてそう訊かれると、しづ子にもよく分からない。ただ、千枝の気持ちは分かる気がした。千枝の方は、おそらくしづ子にだけは知られたくなかっただろうが。

「案じているとは違う気がしますが、千枝さん、いえ、千枝さまの心が踏みにじられるようなことにならなければよいとは思います」

「お嬢さんは不思議な人だな」

主税はぽつりと呟くように言った。

「どういう意味ですか」

「ここでのあなたは、捕らわれの身も同じであろう。自分が無事に助かることだけを考えるのがふつうであろうに、他人のことを考えている」

「それが、そんなに不思議なことですか」

首をかしげて訊き返すしづ子に、「いや」と苦笑しながら主税は首を横に振る。

「お嬢さんには不思議なことではないのだろう。だが、それこそが千枝には腹立たしくも、理解しがたいところでもあったのだ。私から言えることではないが、できるなら――」

主税はいったん口を閉ざし、一瞬の間を置いてから一気に告げた。

「今日のことで、千枝を憎まないでもらえたらありがたい」

頭を下げこそしなかったが、その思いの真剣さはしづ子にはよく伝わってきた。

「お嬢さんが我々を憎むのは当たり前だ。我々の仲間ということで千枝を憎むのも致し方ない。だが、千枝一人が我々より憎まれてしまうのは哀れでな」

「私は千枝さまを憎んではおりません」

しづ子は穏やかな声で告げた。偽らざる本心であった。

千枝が食べ物に毒を仕込んだのには、相応の理由があってのことだろうと想像がつく。そして、このことで自分が千枝を憎んだとしても、物事は決して解決しないということだけは分かる。

「千枝が混ぜた朝鮮朝顔の種は胡麻のように見えて、先に言ったような症状が出る。しかし、人を死に至らせるほどの猛毒ではない」

しづ子は黙ってうなずいた。

「千枝は国で蔑《さげす》まれ、身を縮めるようにして生きねばならなかった。辻家《つじけ》の者はこの十年、ずっとそうであったからな」

思いもよらぬ言葉に、しづ子は茫然《ぼうぜん》とその言葉をくり返した。

「辻家……？」

「我々の家名だ。大友というのは偽りで、私の本当の名は辻主税という。千枝は私の従妹《いとこ》だ」

もはや隠そうという気持ちも持たないのか、主税は躊躇《ためら》わずに語り出した。

「国でのつらい暮らしを経て、千枝はお嬢さんと出会った。もしかしたら辻家を陥れたかもしれぬ商人の娘。それにふさわしく、悪徳にまみれているとか、蔑むに足る娘であれば、まだしもよかったのだろう。だが、お嬢さんは違った。江戸の大店《おおだな》の娘として苦労を知らず、憎しみも知らず、潑剌《はつらつ》としたお嬢さんのことが、千枝はまぶしかったのだろうと思う」

「私は千枝さまのことを武家の娘御とは思いもせず。千枝さまの目にはさぞ傲慢に映っていたのでしょう」

しづ子は目を伏せて言った。

「いや、それは知らせなかったのだから当たり前だ。そんなことで腹を立てるのは千枝の心が狭いゆえのこと」

主税の言葉に、しづ子は首を横に振る。

「私は今でも、父さまが大五郎さんに何かしたなんていうのは間違いで、誤解が解ければすべて元通りになるのではないかと考えているんです。でも、千枝さまは、そんなふうには考えられないのでしょう。私は愚かでのんき者でございました」

辻主税さま――しづ子は初めて、正しい名でその人を呼んだ。

「私は逃げ出すつもりはございませんし、大五郎さんのことも助松のことも大切に思っております。もし父さまが何らかの悪事に加担して、大五郎さんを陥れ、辻家の方々を苦しめたというのであれば、その罪を償ってほしいとも思っています。あなた方の味方になるとは申しません。でも、あなた方が悪者だとは思えませんし、あなた方の無念が晴れるようお力添えできるのなら、そうしたいと思います」

だから、どうか本当のことを教えていただけないでしょうか――しづ子は深々と頭を下げた。その姿勢のまま動かないでいると、ややあってから、

「頭を上げてくれ」

と、主税が言った。

「お嬢さんは今日の菓子の件で千枝を憎まないと言ってくれた。私はそれを信じてもよいだろうか」

主税が真摯な口ぶりで尋ねた。さすがに、ここへ来る前、伊勢屋で見せていたよう

な親しみやすさは見られない。だが、一転して冷淡な刺々《とげとげ》しさを身にまとった主税は、もうそこにはいなかった。

　本当はどんな男なのか——状況が一変してから、しづ子には主税という男が分からなくなっていた。が、今目の前にいる真面目《まじめ》で一本気で、従妹を庇《かば》おうとする優しい男が主税の本性なのだろうと思える。

「もちろんでございます」

　主税の目をしっかりと見つめ返して答えると、

「了解した。ならば、お嬢さんには私の知る限りのことを話そう」

と、主税は覚悟を決めた声で答えた。

三

「話は十年前のことに始まる」

　主税はそう切り出した。しづ子は初めに伊勢屋平右衛門に送った文《ふみ》に、「十年前のことを明らかにせよ」と書かされたことを思い出し、そっとうなずき返した。

「富山では薬種問屋は藩の庇護《ひご》を受け、力を持っている。中でも、当時手広く商いをしていたのは千子屋《せんごや》という大店だ。伊勢屋はこの千子屋から薬——特に反魂丹を仕入れ、江戸で売ろうとしていた」

だが、富山の薬売りは行商を基本としている。

元禄《げんろく》の頃、富山藩主前田正甫《まさとし》が、江戸の城内で腹痛を起こした三春《みはる》藩主秋田輝季《てるすえ》に、常備していた反魂丹を服用させ、快復させたという話は有名だった。このことがきっかけで、富山の反魂丹は世に広まり、各大名は富山の薬売りが自らの領内で行商するのを許したという。

こうして富山の薬売りは他領での商いを広げていくことになった。そのため、富山では他領の薬種問屋に薬を卸すことをよしとしないのだと、主税は語った。

当時、伊勢屋は千子屋とのつながりを作ろうと躍起になっていたが、なかなかうまくいかなかったらしい。

「それでも、父さまはあきらめなかったのですね」

現在、薬種問屋を成功させている父の手腕を考え、しづ子は言った。父は一体、どんな方法を使って、富山の薬を卸してもらえるようになったのだろう。

「千子屋は藩の有力者とも深くつながっていた。国家老や中老、勘定方や町方の職をあずかる者たちは余さず、千子屋からの進物や接待を受けていただろう。無論、多少の差はあっただろうが」

それもよくある話だ。大っぴらにすることではないが、度を越さなければ当たり前のことだと、商家に育ったしづ子は考えている。父の平右衛門とてよくしていることであった。

「当時、勘定方の職に就いていたのが、辻辰馬《たつま》殿という方だ」

「主税さまのお家の方でございますね」

しづ子は了解してうなずいた。が、

「大五郎さんのことだ」

と、続けられた主税の言葉には仰天した。

「えっ、今、何と——」

「驚くのも無理はないが、富山の武家、辻家の当主だった辻辰馬殿が脱藩して、名を変え、伊勢屋の手代大五郎となった。それが嘘《うそ》偽りのない真実だ」

「ならば、助松は……」

「本来ならば、辰馬殿の後を継いで、辻家の当主となるべき男子だった。生まれてすぐ、父君と共に富山を去ることになってしまったが……」

しづ子は言葉が出てこなかった。尋ねたいことは山ほどあるというのに、何を訊けばいいのか分からない。

「まずは十年前、辰馬殿の身に何が起きたのかを話そう」

主税はしづ子を落ち着かせようとするように、ゆっくりと告げた。しづ子は黙ってうなずき返す。

「勘定方だった辰馬殿は千子屋の主人と特に親しくしていた。おそらく進物の量や接待の回数も群を抜いていたことだろう。そのことで、他の同輩たちから妬まれることはあったかもしれないが、それ自体は責められるようなことではない。だが、ある日突然、千子屋の主人が捕らわれたのだ。藩の重臣たる長月《ながつき》家に納めた反魂丹に、毒が仕込まれていたとの疑惑ゆえであった」

主税は淡々と語っていたが、事件について触れ始めるや、声に刺々しいものが混じり始めていた。主税は何度か言葉を切りながら、その度に自分を落ち着かせるよう深呼吸をして、語り続けていく。

「何でも、長月家当主が反魂丹を飲んだ後、意識不明に陥ったというのだ」

当主はその後、意識を取り戻したが、医者の診立《みた》ては千子屋の反魂丹が原因というものだった。

「薬とは人によって、あるいは、その日の体調や飲み方、分量の微妙な差によって、毒にもなり得る。反魂丹はそうした危険の少ない薬だが、さりとて、体に合わぬ人が皆無というわけではない。千子屋は自らの非を決して認めなかったそうだ。千子屋のことをよく知っていた辰馬殿は、千子屋の言い分を信じ、よくよく調べるようにと言っていたらしい」

だが、その後、長月家へ納められた反魂丹を調べてみると、果たして毒が混じっていた。

「そうだとしても、長月家に納められてからご当主が口になさるまでの間に、誰かがこっそり毒を仕込んだかもしれませんのに」

しづ子は思わず口を挟んだ。

「その通りだ。毒入りのものとすり替えられた恐れもある。長月家の中に犯人がいるのであればなおさらだ。だが、それを言うなら、長月家当主が本当に意識不明に陥ったかどうか、それすら怪しい」

すべては長月家の屋敷内で起こった出来事であり、医者も口裏を合わせていたなら、いくらでもでっち上げが可能だったと、主税は口惜《くや》しそうに告げた。

「長月家が千子屋を陥れようと仕組んだ事件、当時、そう見る向きもあったそうだ。だが、口にする者はいなかった。千子屋の勢いを不快に思う者は武家商家を問わず、また長月家に歯向かわない方がよいと打算を働かせる者も多かった。ただ、辰馬殿を除いては」

「辰馬さまは、とても正義感の強いお方だったのですね。私も、大五郎さんの真面目さはよく知っていますが」

「私は辰馬殿が清廉潔白だなどと言うつもりはない。辰馬殿とて千子屋から多くの利を得ていたのだ。千子屋を庇ったのには相応の理由があったろうし、長月家の力を封じたいという思惑もあったろうと思う」

主税の口吻《こうふん》からは、敵に対する怒りばかりでなく、辰馬に対するやりきれなさも感じられた。

「結局、そうした辰馬殿の意気込みが長月家の癇《かん》に障《さわ》ったのだろう。やがて、事件は思いもかけぬ方へ動き出していった。それまで無実を主張していた千子屋が一転、罪を認めたのだ。長月家に納めた反魂丹に毒を入れた。それも、辻辰馬殿の指図だったと言い出したのだ」

「どうして、そんな――」

「すべて長月家が裏で手を回したのだと、私は思っている」

主税はきっぱりと言った。

「この動きは公のものとなる前に、辰馬殿の耳に入った。辰馬殿が陥れられるのを気の毒に思い、知らせてくれる者がいたのだ。辰馬殿は千子屋が裏切ったのであれば、もはや言い逃れはできまいと言い、富山を出奔する決意を固めた」

妻を亡くしたばかりの辰馬は生まれて間もない息子だけを連れ、人知れず富山を離れた。辰馬の罪が公のものとなったのは、富山を離れてからのことであった。

「これにより、千子屋は単なる実行役にすぎぬと罪を減じられ、財産没収の上、国外追放となった。辻家は取り潰しもやむを得ぬところだが、辰馬殿一人の蛮行ということで、禄《ろく》を大幅に減らされたものの取り潰しだけは免れた。辰馬殿には叔父《おじ》に当たる私の父が家督を継いで、今に至っている」

「では、主税さまと辰馬さまはお従兄弟《いとこ》同士ということになるのですか」

「さよう。辻家の者は当時幼かった私や千枝も含め、辰馬殿の無実を信じている。ただ、長月家を真っ向から敵に回したやり方は拙劣だったし、もっとうまいやり方があったと思わぬわけでもない」

「辻家の方々がご苦労なさったという千枝さまのお話に、合点がいきました」

しづ子はようやくそれだけを口にした。事件の内容があまりに大きすぎて、自分の感想など言えるものではない。それに、まだ気がかりなことは残っていた。これまでの内容に、父の伊勢屋平右衛門はほとんど関わっていないではないか。それなのに、どうして主税たちは平右衛門を疑っているのだろうか。

そのしづ子の疑問を察したかのように、主税の話は続けられた。

「辰馬殿が富山を出る時、たまたま当地に来ていた伊勢屋の主人と出くわしたそうだ。それが計ってのことかどうかは知らぬ。ともかく、伊勢屋は辰馬殿を気の毒がり、自分のところに身を寄せればいいと言ったそうだ」

「それで、辰馬さまは大五郎と名を変え、伊勢屋の手代となったのですか」

「うむ。その時の辰馬殿は伊勢屋に恩義を感じこそすれ、疑うはずもなかった。一方、富山ではその後、丹波屋という薬種問屋が、千子屋と入れ替わるように力を持って成り上がった。この丹波屋が裏で長月家とつながり、千子屋と辰馬殿を陥れたのが、例の騒動の真相だったと我々は見ている」

「うちの店は今、丹波屋と取り引きがございます」

「そうだ。千子屋が潰れた後、丹波屋は反魂丹をあっさり伊勢屋に卸した。伊勢屋は丹波屋と一緒になって、大きくなった。初めから両者がつながっていたと考えても不思議はあるまい」

「待ってください。丹波屋と取り引きをしているというだけで、父さまを疑っておられるのですか」

その考えにだけは承服できず、しづ子は口を挟んだ。

「いや、辰馬殿が伊勢屋を疑い始めたのは、一年半前のことが起きてからだ」

「辰馬さまが失踪した事件のことですか」

顔を強張《こわば》らせたしづ子を前に、主税はうなずいた。

「あの時、辰馬殿は富山行きの手代の一人に選ばれたのを機に、あわよくば千子屋騒動の手がかりがつかめるかもしれないと、あえて富山へ足を踏み入れた。まあ、八年以上も時が経《た》ち、姿や格好も名前も変わっている。もともと辰馬殿は丹波屋と付き合いがなかったため、顔を知る者もいないと考えたようだ。だが……」

　ある時、山へ薬草を採りに行った矢先、丹波屋の奉公人たちの手で辰馬は捕らえられた。そして、山中の洞窟に作られた牢《ろう》に閉じ込められたという。

「それでは、辰馬さまはずっと牢で過ごしていたのですか」

「牢にいたのはひと月ほどのことだ。それ以上の時が経てば死んでいただろう」

　食事もほとんど与えられず放置されていたのだからな——という主税の言葉に、しづ子は息を呑んだ。

「私が辰馬殿をお助けした」

「主税さまはどうやって、辰馬殿が捕らわれていることを知ったのですか。前もって辰馬殿からお聞きになっていたのでしょうか」

「いや。辰馬殿と辻家はずっとつながりがなかった。我々は辰馬殿が江戸の薬種問屋にいることも知らなかった」

「では、なぜ」

「辻家は日陰に追いやられた身であるが、それでも味方がいないわけではない。名は明かせぬがあるお方が、辰馬殿の危機を辻家に知らせてくれた。おそらく隠密《おんみつ》の網に引っかかったのだろうが、くわしくは知らぬ。ただ、辰馬殿を助け出した後、ひそかに調べたところによれば、山中の牢を我が物顔で使用していたのは長月家だった。時折、消したい人物をつかまえてはそこに閉じ込めて始末していたらしい」

「ひどいことを――」

「山中で飢え死にしたのであれば、骸《むくろ》を調べられることもない。足もつかぬという算段だろう」

「皆さまは……父さまが丹波屋と示し合わせて、大五郎さんを富山へ行かせたと疑っておられるのですね」

しづ子は顔を強張らせながらも、はっきりと言った。

「その通りだ。お嬢さんにも我々の無念が分かっていただけたろう」

「大五郎さん……辰馬さまが死にかけるような目に遭われたこと、その企《たくら》みに父さまが関わっていたのではないかと疑う理由はよく分かりました。千枝さまが私を恨む理由も」

でも――と、しづ子は両手を胸の前で合わせ、祈るように目を閉じながら、言葉を続けた。

「父さまが丹波屋と通じて、辰馬さまを騙《だま》したという証《あかし》はまだありませんよね」

「……」

「私とて、長月家と丹波屋が悪であることに異は唱えません。でも、父さまはまだ分からない。いいえ、父さまを疑っていないというわけではありません。今のお話を聞いて、十分に怪しいと私も思いました。五分五分、いえ、六くらいは怪しいでしょう。でも！」

しづ子は両手の指をからめ、ぐっと力をこめて手を握った。

「残りの四くらいは父さまを信じてあげたいのです。少なくとも八年以上も、ずうっと一緒に働いてきた大五郎さん……辰馬さまをそんな目に遭わせる人だとは、どうしても思えなくて。辰馬さまの味わった苦しみを思えば、そんなことは言えないのですけれど……」

最後は消え入るような声で、しづ子は呟いた。

目を閉じたまま、いつしかうつむいていたしづ子の耳に、主税の低い声が聞こえてくる。

「三月三日……」

「えっ」

しづ子は思わず顔を上げて目を開いていた。

「その日、伊勢屋と取り引きをする。あなたの身を返す代わり、十年前の事件、一年半前の事件について明らかにしろと迫ることになっている。伊勢屋はあなたを助けるためなら、真実を吐くだろう」

その言葉には、しづ子も異論はなかった。父が自分を見捨てることはあり得ないと思う。嘘偽りのない真実を述べてほしい、望むのはただそれだけだった。

「伊勢屋の主人はどうやら、私に反魂丹を飲ませてくれたあの葛木という占い師を頼っているらしい」

主税はそんなことをしづ子の耳に入れた。

「葛木さまに――?」

父が葛木多陽人を頼りにすることはあり得る話だった。しかし、これほどの大きな騒動に巻き込んで、多陽人の身を危険にさらすようなことはしないでほしい。

（葛木さま……）

しづ子が最後に多陽人と会ったのは、この主税を神田明神の門前で助けた時、もうひと月近くも前のことになるのだった。役者絵のように整ったあの顔を思い出しながら、しづ子は切ない気持ちに駆られた。

「あと三日のことだ。お嬢さんも辛抱してほしい」

主税の言葉に、しづ子は黙ってうなずいた。

「あの、千枝さまは……」

気になっていたことを口にすると、主税は「捜してきたいのだが」と少し躊躇《ためら》いがちに言った。しづ子の見張りがいなくなることを気にしているのかもしれないが、しづ子には逃げ出す気など初めからなかったし、今となっては気が変わることも絶対にない。

「お行きください。私は決してここから動きません」

しづ子は主税の目を見据えて言った。主税はそれを聞くなり立ち上がると、すぐに部屋の外へと消えた。

しづ子は部屋にある文机《ふづくえ》に向かい、そこに置かれている筆を取った。紙も用意されており、好きに使ってよいと言われていた。といって、誰かに文を出せるわけでもなし、これまでは書きたいことも特になかったのだが、今は一つだけ頭に浮かぶ言葉があった。

しづ子は紙を用意すると、一気に筆を走らせた。

みやじろの　砂丘辺《すかへ》に立てる　貌《かほ》が花　な咲き出《い》でそね　隠《こ》めて思《しの》はむ

『万葉集』にある相聞《そうもん》の歌だ。謎めいた歌で、「みやじろ」という地名も、「貌が花」という花も諸説あるものの、はっきりしたことが分かっていないという。貌が花とは、「かお」という言葉を名に持つ花、朝顔や昼顔や夕顔のどれかなのだろうが、しづ子はこの言葉に一人の男の顔を思い浮かべる。

我が物顔で咲き誇るかのような、目立って仕方のないあの男の艶《あで》やかな美貌を――。

――みやじろの砂地に立っている貌が花のように、目立って咲かないでください。私はあなたのことをひそかにお慕いしているのですから。

私以外の人の目を引き付けたりしないで――そう素直に言えたなら、どんなにいいだろう。だが、そんなことは絶対に言えない。いつでも自分を怒らせるようなことしか言わぬ、飄々としてふざけたようなあの男を目の前にすると、しづ子はいつも憎まれ口を叩いてしまう。

でも、この歌をあの人に送ったら、あの人はどんな顔をするのだろう。そう思うと、胸がどきどきした。

しづ子は墨が乾くのを待ってから、歌を書いた紙を丁寧に懐へしまい込んだ。

二月晦日のその日、夜が更けた後も、千枝がしづ子の前へ姿を見せることはなかった。しづ子はこの家へ来てからはじめて、部屋に一人で眠った。

第七首　天地《あめつち》の

一

翌三月一日の朝、一人の部屋で目覚めたしづ子は、傍らに千枝のいないことを確かめ、一つ息を吐《つ》いた。

笑顔も見せず、心の通った会話もない千枝を、気詰まりな人だと思っていたはずなのに、千枝が背負ってきた過去の話を聞き、その憎しみをぶつけられた今、しづ子は千枝にしっかり向き合いたいと思い始めていた。

主税《ちから》の話によれば、三月三日に大五郎と主税は伊勢屋平右衛門と取り引きをするという。しづ子の身柄を返す代わり、真実を話せと迫るのだろう。その時、すべてのことが明らかになる。それがどんな結果であれ、自分のここでの暮らしも終わることになる。

もちろん、父母を心配させ続けるわけにはいかないし、しづ子だって帰りたい。かわいい助松にも恋しい葛木多陽人にも、早く会いたい。

だが、ここを出てしまえばもう、千枝と会うことはないだろう。たぶん主税とも。

(その前に、千枝さまとは本音で話がしたい)

しづ子はそう思っていた。

千枝は昨晩、この家にいたのだろうか。気がかりに思っていたが、朝餉《あさげ》の膳を運んできたのは千枝であった。

(よかった。富山へお帰りになってはいなかったのだわ)

しづ子はほっとしたが、千枝の様子をうかがってみると、特にこれまでと違いはない。淡々とした無表情で、最低限の口しか利かず、ろくに目を合わせようともしなかった。昨日しづ子の前で感情をあらわにしたことも、まるでなかったかのように振舞っている。

(千枝さまはお武家としての誇りを持っていらっしゃるのに、今もこうして私の世話を焼いてくださる)

本来ならば、しづ子の方がかしずかなければならぬところだが、捕らわれの身であるしづ子が家の中を動き回るわけにもいかない。自分でやりますと言ったところで、どうにもならないのはしづ子にも分かっていた。

「恐れ入ります、千枝さま」

せめて精一杯の敬意をこめて、深く頭を下げ、丁重に礼を述べた。

千枝は何も言わず、立ち去って行った。朝餉の膳が下げられ、少しした頃、しづ子のもとへ大五郎と千枝がそろって現れた。

「お嬢さんにお話があります」

大五郎がしづ子の前に座ると、改まった口ぶりで切り出した。千枝は大五郎から少し下がったところに座っている。

「主税殿より聞きました。お嬢さんにすべてを話した、と――」

「申し訳ありません。大五郎さん……がいずれ話すと言ってくださったのに、待つことができなくて」

元は武士とお聞きした人に対し、いつまでも大五郎さんと呼びかけてよいものだろうか。そのことを気がかりに思いながら、しづ子は答えた。

「私の素性については、気になさらずに。これまで通り、手代の大五郎と思って相手をしてください」

「でも、そういうわけにも……」

「といって、お嬢さんから昔の名で呼ばれるのも慣れませんから。まあ、あまりお気になさらずに」

大五郎の物言いに怒りや恨みの念がこもっていないことに救われながら、しづ子は小さく「はい」と答えた。

「大筋は主税殿から聞いたでしょうが、他に知りたいことがあればどうぞ。私の口からお話しできることであれば話しましょう」

大五郎は言った。知るべきことは大方知ったと思う。大五郎たちが何を疑い、何を求めて、今の行動を起こしたのかということも。もし父が悪事に加担していた場合、大五郎たちが父をどうするつもりなのか、それは気にならないわけではないが、今知りたいことではなかった。

「いいえ、特にはありません」

しづ子は首を横に振った。

「では、私の話をお聞きください。三月三日の夜四つ（午後十時）の頃、荒川の河川敷で伊勢屋の旦那さんと会うことになっています。すでにあちらには文《ふみ》で伝えました。返事をもらう手段は講じていませんが、あちらに否と言える余地はない。お嬢さんにはその日、私たちと一緒に出向いていただきます。私が望むのはただ真実を話していただくことのみ。それで、お嬢さんは旦那さんにお返しします」

「父さまが大五郎さんの望みに応じなければ、どうされるのですか」

「お嬢さんの身がかかっているのです。それはあり得ませんな」

「でも、父さまのもとには助松もいます。もしも父さまが助松を楯《たて》に取り引きを考えたなら――」

しづ子が不安を口にしても、大五郎は動じなかった。

「使えるものは何でも使って、取り引きの道具にする。いかにも商人《あきんど》の考えそうなことですな。いえ、馬鹿にしているのではありません。私も商家の手代として生きてきましたから。ただ商人とはそういうものだと思うだけです」

そう言った時の大五郎は、明らかに侍の顔をしていると、しづ子は思った。顔立ちは変わっていないが、見知らぬ人のように感じられる。

「千子屋の主人が最後に私を裏切ったのも、私を差し出すことで、それより大事な自分の命を選んだだけのこと。当時はそれを卑しい根性だと思いましたが、今は分からぬわけでもない」

表情を和らげた大五郎は、しづ子の知る顔に近付いていた。

「お嬢さんのご心配はもっともですが、私たちも無策で挑むわけではない。大丈夫です。助松は確かにお嬢さんと引き換えにできる値打ちがある。ですが、互いの子供を人質に取っている時点で我々は対等です。ここにもう一つ、何かが加われば、伊勢屋の旦那さんは落ちるでしょう。旦那さんにとって値打ちのあるものを我々が差し出すか、あるいは、旦那さんへの脅しとなる切り札を我々が握っていれば」

「もしかして、捕らわれていた大五郎さんのことを、主税さまに知らせたというお方のことですか」

富山藩の中にも、辻家の味方はいると主税は言っていた。その名は主税も明かさなかったし、聞いたところで分からないのだが、長月家や丹波屋の暗躍を疑う藩の重臣といったところか。その者の存在をちらつかせ、長月家や丹波屋を裏切らせる算段を、大五郎たちはつけているのではないか。

「あまり察しがよすぎるのも困りものですよ、お嬢さん」

気がつくと、大五郎が苦笑していた。

「私は伊勢屋の旦那さんを黒と決めつけているわけではない。まだ疑っているだけです」

と、大五郎は続けた。

「ただし、助松を取り引きに使おうとすれば、限りなく黒に近付く。それこそ、私が生きていること、この企《たくら》みに私が絡《から》んでいることを知っている証《あかし》になるでしょう。そのことを知るのは、かつて私を牢《ろう》に閉じ込めた長月家と丹波屋の連中のみ。そこから知らせが行っていなければ、知るはずのないことです」

「まさか、大五郎さん。父さまが助松を人質に使うかどうか、それで見極めようと思っているのですか」

しづ子の頰に緊張が走った。しづ子の問いに、大五郎は否とは言わなかった。

「助松はまだ子供なんですよ。手前勝手な都合で利用しようとするなんて」

しづ子は声に怒りを込めて言ったが、大五郎はまるで揺るがなかった。

「お嬢さん、その言葉、伊勢屋の旦那さんに言わずに済むといいですな」

そう言ってしづ子の抗議を封じると、

「さて、お嬢さんがここにおられるのも今日を含めてあと三日です。そこで、この千枝のことなのですが」

と、大五郎は話を切り替えた。

「何があったかは主税殿から聞きました。主税殿は千枝に富山へ帰れと言ったそうですな。私もその方がいいと考え、千枝も含めてよく話し合いました。昨日のようなことをくり返すのなら、無論、ここへ置いておくわけにはいかない。千枝はもうあのような真似《まね》はしないと申しました。お嬢さんに詫《わ》びもしたいとのこと」

そう言って、大五郎が振り返るようにすると、千枝はその場に頭を下げて切り出した。

「怒りや恨みの情に任せて、恥ずべきことをいたしました。深くお詫び申し上げます」

もう二度と情にとらわれることはしない、というような淡々とした声であった。

「いずれにしても、あと三日。その決着を見届けたいとも申します。それゆえ、ここに留《とど》まらせることにいたしました。が、お嬢さんが嫌だとおっしゃるなら、口に入るものの世話はさせず、就寝の場所も分けましょう」

大五郎の言葉に、しづ子は思わず「いえ」と口にしていた。

「これまでと同じでかまいません」

「でしたら、そうさせてもらいます」

大五郎が場をまとめるように言い、千枝も了解した。

それから、大五郎はしづ子のもとから去り、千枝だけが残った。その後は、昨日の事件が起こるまでと同じような時が過ぎていく。千枝は無駄口を利こうとしないので、会話ができるわけでもない。昼餉、夕餉の世話などは千枝がそれまでのようにしてくれる。そして、いつものように夜が更け、同じ部屋で休むことになった。

「あの、千枝さま」

行灯《あんどん》の火も消され、互いの顔も見えなくなった時、しづ子は思い切って声をかけた。

「何でしょうか。私がここにいるのが気詰まりでしたら、部屋を変えますが」

千枝の淡々とした声が返されてくる。

「いえ、そういうことではありません」

「では、何でございましょう」

生真面目《きまじめ》に切り返されると、ただ話がしたかっただけだとも言いかねて、

「……いえ、何でもありません」

と、しづ子は返事をした。

「それでは、お休みなさいませ」

「はい。お休みなさい」

それで、会話は終わってしまった。


翌日、三月二日も変わり映えのしない一日が過ぎていく。しづ子は父のこと、助松のこと、葛木多陽人のことを考え続けた。

いよいよ明日の夜、すべてが決着する。父と待ち合わせているという荒川の河川敷へ出向いた際、もしもそこに助松の姿があったなら、自分はどうすればいいのだろう。

それは、父が助松を自分と取り替える道具として使うつもりだという証であり、どうしてそう考えたのかと突き詰めていけば、丹波屋や長月家と通じていたから、という結論に至る。

（大五郎さんたちは何とかして、丹波屋や長月家を追い詰めるきっかけがほしいのでしょうけれど）

大五郎――辻辰馬が罪人とされている富山藩では、彼らの悪事を暴くことは困難を極めるのではないか。大五郎が捕らわれていたという山中の牢屋などは、知らぬとしらを切られればそれまでである。となれば、富山藩の領民でない伊勢屋に証言をさせ、そこから丹波屋や長月家の悪事を炙《あぶ》り出そうという算段なのだろうが……。

丹波屋の悪事に父が加担していませんように。

助松の身が無事でありますように。

しづ子にはただ祈ることしかできなかった。

そして、その日も暮れ、しづ子にとってはここで過ごす最後の夜が訪れた。

布団を敷く千枝をしづ子も手伝い、二人で床に就く。行灯の火が消されてから、

「千枝さま」

しづ子は昨夜と同じように声をかけた。今夜はどうしても言わねばならぬことがあった。

「何でしょうか」

「これまでお世話してくださり、ありがとうございました。千枝さまのご素性を知らぬ間、ご無礼をいたしましたことをお詫びいたします。その上、素性を知った後も、同じようにお世話していただきまして」

「私が先日申したことはお気になさらぬよう。あなたを商家の娘と軽んじているわけではない。武家の娘としての誇りはありますが、これは私の務め。あなたの世話をすることに屈辱を覚えるわけではありません。ただ……」

これまでの寡黙が嘘《うそ》のように、千枝は饒舌《じょうぜつ》に語った。口ぶりは淡々としたものであったが、しゃべればしゃべるほど、少しずつ心が声にしみ込んでいく――そんなふうにしづ子には思えた。

「私はあなたのことがうらやましく、妬ましかったのだと思います。主税さまからそう言われました」

「それは、私が何も知らず、己の父が悪事に加担しているかもしれないなどとはつゆ思わず、ぼんくらだったからでございましょう」

「お嬢さんがぼんくらですか」

暗闇の中に、千枝の冷えた笑い声がにじんだ。どういう意味の笑いか分からず、しづ子は肝を冷やした。

「失礼をいたしました」

ややあって、千枝は丁寧に詫びた。

「お嬢さんほど頭のよい女人はあまりいないでしょう」

千枝は続けて言う。

「主税さまもそう申していました」

「それは、私が賀茂真淵先生の弟子などと申し上げたから……」

「そういうことではありません。生まれつき賢い上、さらにそれを磨いてこられたのだと分かります。賢い上に、心根は優しく、思いやりがある。人を憎んだり恨んだりしたことなどないお人と見えました。そんなお嬢さんのことが私は確かにうらやましかったのです。富山の暗い山地で、身をひそめるように生きねばならなかった己に引き比べて――」

「千枝さまの生い立ちについて、私は思いを馳《は》せることもできません。ですが、万が一、私の父がその悪事に加担していたのであれば、私もまた、責めを負わねばならないと覚悟はしております」

「その必要はありません」

静かな声で、千枝は言った。

「伊勢屋の主人に対しては話が別ですが、主税さまとて辰馬さまとて、お嬢さんに責めを負わせるつもりはないでしょう。私とて同じです。先日、お嬢さんを恨んでいるように申したのは、その場の勢いというものです」

「ですが……」

「本当は、主税さまがお嬢さんを庇《かば》われたのが、ただ悔しかっただけです……」

「それは……」

「主税さまは私の許婚《いいなずけ》だったお方なのです」

「許婚だった……？」

起き上がって千枝を問いただしたいところであったが、どうにかそれをこらえ、しづ子は千枝の方に体を向けて訊《き》いた。

「十年前の事件を機に、親たちが一度解消したのです。辻家の行末がどうなるか、皆目分からぬ頃でしたから」

「でも、千枝さまはずっと主税さまのことを……」

　しづ子の言葉に返事はなかった。しばらくの間、沈黙が続いた。

「この度のことを計画した時、主税さまがお嬢さんを誘《おび》き出すことになりました。本当は私がその役を果たしたかったのですけれど、若い娘が富山から出てくる理由がうまくつけられず、江戸の娘を装うのも無理がありましたので。一方、男の主税さまなら、学問をしに江戸へ来たとでもいえば、不自然ではありません。ただ……」

　突然長々としゃべり出した千枝の言葉は、そこで躊躇《ためら》うように一度止まった。この話がどこへ向かうのか分からず、しづ子は緊張しながら闇の中で続きを待つ。

「お嬢さんを誘き出すには、信頼を勝ち取らねばなりません。手っ取り早いのがお嬢さんをその気にさせるといいますか、心を奪うといいますか、そういう方法でした。どうせ一時のこと、お嬢さんも真相を知れば、恋心など冷え切るに決まっている。もちろんそれは分かっていましたけれど、そういう計画が持ち出されるだけで、私は嫌でした。それだけで、まだ見ぬお嬢さんのことが嫌いになってしまうほど」

「わ、私は主税さまからそのように誘われていませんし、私がその、主税さまに想いを寄せたということは、たとえ一時でもございません」

　しづ子が慌てて言うと、千枝が再び笑い声を漏らした。今度は先ほどと違い、軽やかな忍び笑いであった。

「分かっています。だって、その計画はなしになったのですから」

千枝は続けて言った。

「主税さまが初めてお嬢さんにお会いした日、ご一緒にいた方を見て、計画を変えると言い出されたのです。お嬢さんはおそらく、そういう誘いには乗らないだろう、いっそ大五郎さんが危険だと言って脅した方が効《き》き目がある、と。確かに、主税さまの言う通りになりました」

「あの、それはどういう……」

「好きな人がいる女人に、いくら魅力のある殿方が近付いたところで、心を動かすことはできませんから」

「私は別に、葛木さまのことなんて――」

「葛木さまと申されるのですか？」

しづ子の言葉を遮って、千枝が訊き返した。それまで聞いたこともないような楽しげで明るい声であった。その声はまっすぐしづ子の方へ向かってきた。いつの間にか、千枝もしづ子の方へ体の向きを変えていたようである。

「知りません」

しづ子は仰《あお》向《む》けになって天井に声を放った。

「あら、そうですか」

千枝はあっさりと受け流す。

「千枝さまが私の問いに答えてくださらないから、私も答えないのです」

「私が何か答えなかったことがありましたか」

不思議そうに千枝は訊き返してきた。

「ずっと主税さまのことを想っておられたのですか、ということです」

答えてください——再び千枝の方に体を向けて、しづ子は言った。

「存じません」

千枝は笑いを含んだ声で言った。楽しげな忍び笑いがそれに続く。しづ子もかすかに笑い声を漏らした。二人が仰向けになってからも、しばらくの間、途切れがちにそれは続いた。

二

三月三日はできるだけ一人になるな、暮れ六つに店を閉めた後、平右衛門から呼ばれても応じるな、仕事が終わったら長屋の部屋へ戻らずすぐに伊勢屋を出ろ——助松は事前に葛木多陽人からそう指示されていた。

裏口を出たところで、多陽人が待ち受けていてくれる手はずである。

誰かにそれを見咎《みとが》められはしまいかと気がかりだったが、助松は無事に裏口を脱け出すことができた。すでに暗い一本道を進み、表通りの明るい方へと進んで行くと、

「助松はん」

前方から多陽人の声が聞こえてきて、助松はほっと安堵《あんど》の息を漏らした。

「葛木さま、ありがとうございます」

多陽人のもとへ走り寄ると、「ほな行きまひょか」と多陽人は歩き出した。

「約束の時刻は四つ（午後十時頃）やさかい、まずは私の家で腹ごしらえや」

という多陽人の言葉で、二人は神田にある多陽人の住まいへ向かった。この日初めて、助松は離れの中へ入れてもらい、戸口と窓以外の壁がすべて書物で埋まった部屋で、女中が運んでくれたうどんを食べた。

「伊勢屋の旦那はんから呼ばれたりせえへんかったか」

「はい。呼ばれてませんけど……」

多陽人の問いに、助松は答えた。

「どうして、旦那さんがおいらを呼ぶと思ったんですか」

助松の素朴な疑問に、

「助松はんを受け渡しの現場に連れてくつもりなら、今日のうちに声をかけると思う

たからや」

と、多陽人は答えた。

「どうして、おいらを連れてこうなんて考えるんだろ」

「そりゃあ、助松はん」

多陽人が人差し指を立てて言う。

「お嬢さんをさらった一味の中に、助松はんのお父はんがいるなら、取り引きに使えるからや」

「取り引きって、お嬢さんとおいらを取り替えよう、みたいな話ですか」

「そうや。そないすれば、旦那はんは脅しに従わんかて、お嬢はんを取り戻せるさかいな」

ただし、それはお嬢はんをさらった一味に、助松はんのお父はんがいると推測した場合のことや――と、多陽人は言った。想定していなければ、助松を連れて行こうなどと、そもそも考え付いたりしないだろう。

そうするかどうかは、伊勢屋平右衛門の立場によって変わってくるのだと、多陽人は続けた。

「だから、葛木さまはおいらを連れ出してくれたんですね」

助松は多陽人に信頼のこもった目を向けて言った。

「まあ、それもあるけど、受け渡しの場所へ連れて行くためでもあります。助松はんは自分の目と耳で、真実を確かめるのや」

多陽人が前に言った約束を守ってくれたのだと分かって、助松は笑顔を浮かべ、

「はい」と元気よく返事をした。だが、一瞬後に不安げな表情になると、

「でも、そこで見つかっちゃったりしたらいけないんですよね。おいら、ちゃんと隠れていられるかな」

と、小声で呟《つぶや》く。

「荒川の河川敷でしたよね。隠れていられそうな場所はあるんですか」

「河川敷やからな。岩があったり木が生えたりしてるわけやない。土手の上まで行けば隠れる場所もあるやろけど」

「そこから、河川敷の声が聞こえますか」

「そりゃ、無理やろな」

多陽人はあっさり答えた。

「……それじゃあ、せっかく連れて行ってもらったって」

助松がしょぼんとして頭《こうべ》を垂れると、

「心配せえへんでもええ」

と、多陽人は相も変わらぬ調子で言う。

「とっておきの秘策がある」

「秘策ですか」

耳慣れぬ言葉に、何か特別なものを感じて、助松は顔を輝かせた。

「隠形《おんぎょう》の術というものや」

「おんぎょうのじゅつ？」

「私がそれを助松はんにかけたら、助松はんの姿は人の目には見えんようになる」

思いもかけぬ話の成り行きに、助松は好奇心と恐ろしさと疑わしさを同時に抱いた。

「そんなことができるんですか」

「疑《うたご》うてるなら、試してみるとええ」

多陽人は揺るがぬ口ぶりで言った。

「もう少ししたら、女中はんが器を片付けに来ますさかい」

その女中で試してみろということらしい。それから、多陽人は助松の左手を軽く握らせると、開いた右手で左の拳《こぶし》を支えるように持たせ、胸の前で固定させた。

「これが印《いん》を結ぶということや。私が合図するまで、この印を解いてはあきまへん。また、息はしてええけど、声を出してしゃべってもあきまへん。ええな」

助松は二度大きくうなずいた。

「常に日、前を行き、日、彼を見ず。人のよく見る無く、人のよく知る無く、人のよくとらえる無し。オン、アニチヤ、マリシエイソワカ」

目を丸くしている助松の前で、突然、多陽人は呪文らしきものを唱え出した。

何が何だか分からないし、すごいことが行われているようにも思えたが、助松自身に何か変化が生じたようには思えない。何が起こったのか、訊きたくてたまらないが、声を出してはならないと言われた以上、黙っているしかない。

多陽人が呪文らしきものを唱え終わって間もなく、「失礼します」と女中が部屋へ入ってきた。

「器を下げにまいりました」

うっとりとした目を多陽人の顔に当てながら言う女中に、多陽人は「ごちそうさま」と言い返した。

「あら。お連れになった小僧さん、もうお帰りになったんですか」

器を片付けながら、女中が尋ねる。

「……はあ」

多陽人は書棚の書物に気を取られているというふうを装って、適当な返事をしている。

「あの小僧さん、前にもここへ来たことありましたよねえ。確か、日本橋の伊勢屋さんって」

「へえ。そうどしたか」

会話は噛《か》み合ってなかったが、それがいつものことなのか、女中はさして気にするふうもない。やがて片付けを終えた女中は盆を持って立ち上がった。

「では、失礼いたします」

女中は最後まで助松がいることに気づかなかった。その目の先に、助松の姿がよぎった時もあるはずなのに、完全に見過ごしている。自分の姿は完全に消えてしまったのだ。

「すごい！」

昂奮《こうふん》の余り、助松は多陽人の忠告も忘れ、思わず声を上げてしまった。

「えっ」

戸口に体を向けていた女中が不意の声に驚いて振り返った。その目は助松の姿をぴたりととらえている。

「あら、小僧さん。そこにいたんですか。全然気がつかなかった」

おかしいわね、こんな近くにいて気づかないはずないのに……と、女中は首をかしげている。

「あっ、どこかに隠れてたんでしょう」

女中は助松が悪戯《いたずら》をしたのだと勝手に決めつけたようだ。よくよく考えれば、この部屋には身を隠せるようなところもないのだが、そういうことで納得したらしい。

「あまり遅くならないうちに、ちゃんと帰してくださいよ」

女中は多陽人に言い置き、部屋を出て行った。戸が完全に閉まってしばらくしてから、

「声を出したらあきまへんと、ちゃんと言うたやおへんか」

小声で多陽人が咎めた。

「ごめんなさい……」

助松はしゅんとうな垂れる。

「あんまりすごい効き目だったから、つい——。でも、声を出すとすぐに術が解けちゃうんですね」

「隠形の術をかけても、ほんまに助松はんの姿が消えたわけやないのや。そこにちゃんと居てるし、手が当たれば触った感じは伝わる。ただ、目の前に居るのに見ようと思わんようになる、そないな術なんどす」

「見ようとしなくなるといっても、目の前に居るんですよね」

分かるような気もするが、やはりよく分からない、そんな言葉だった。

「ほな、助松はん。目をつむっておくれやす」

多陽人に言われた通り、助松は目を閉じた。

「今、助松はんの目の前に在《あ》った書棚の一番上には、巻物がのってたか、冊子本がのってたか、何ものってなかったか、お答えやす」

「えっ、そんなことを言われても……」

「助松はんの位置からは、私の体越しに一番上の書棚は見えてたはずどす」

そう言われても、まったく分からなかった。

「冊子本……でしょうか」

適当なことを口にした。

「ほな、目を開けてお確かめやす」

多陽人から言われて目を開けると、一番上の棚にのっていたのは左が巻物、右が冊子本――つまり両方が正解であった。

「答えは半分正解やけど、ほんまは分からなかったんどすやろ」

「そうです」

助松は正直に認めた。

「それが目の前に在るものでも、見ていないということどす」

隠形の術は、ひと時だけ助松の姿を書棚の上の本のようにする術なのだという。すると、周りの者は目の前に在っても見ようとしなくなる。

「人は要するに、見たいもんだけを見る生き物なんや」

そんなふうに、多陽人は言った。

「けど、あの女中はんかて、気を入れて助松はんを捜そうと思えば、すぐに見えたはずや。私のいい加減な受け答えによって、助松はんは帰ったと思い込まはったさかい、見えんかった。けど、声を聞いておかしいと振り返った時には、疑う気持ちが先に来てるさかい、見えたちゅうわけや」

「隠形の術のこと、よく分かりました」

助松はすっかり昂奮した声で言った。

「ああ、もう印は結ばんでもええんどす」

多陽人から指摘され、助松は今の今まで印を結んだままであったことに気づき、手の形を解いた。

「お嬢はんの受け渡しの場所に行ったら、また改めて術をかけますさかい、今度は声を出したらあきまへんで」

「はい。今度は絶対に失敗しません」

助松は真剣な面持ちで答えた。

多陽人がそろそろ出かけようと言い出したのは、五つ（午後八時）の頃であった。一味や伊勢屋よりも先に現地に到着し、隠形の術をかけておかねばならないという。

隅田川を越え、深川をさらに東へ抜けたところが目的地の荒川河川敷である。駕籠《かご》を使うとしても、目的地まで乗り入れるわけにはいかないから、多少は歩かねばならなかった。

多陽人は神田から永代橋《えいたいばし》まで駕籠を使い、そこでいったん降りた後、橋を渡ってから、新しい駕籠かきを雇った。

「亀戸村《かめいどむら》まで」

田んぼの広がる土地で、駕籠から降ろされた。

ちょうど多陽人の家を出た頃、西の空に見えた三日月は、この頃にはもう空にはない。

提灯《ちょうちん》は初めから持って出なかった。

「私は夜目が利きますさかい」

と言う多陽人の言葉を疑う気持ちなど、もはや助松には湧きようもなかった。が、月はなくとも空には星が瞬《またた》いており、目が慣れてしまえば、足もとが見えないというほどではない。

そんな田んぼに囲まれた夜道を、助松と多陽人は荒川へ向けて進んだ。

土手を前にしたところで、いったん足を止めると、多陽人は一人で様子を見に行った。万一、到着している者がいた場合に備えてだという。

しばらく待っていると、多陽人が戻って来た。誰もいなかったというので、それから二人で土手を越え、だだっ広い河川敷へと出る。川の水の流れる音が予想以上に大きく聞こえてきた。

「ほな、時はまだありますけど、この先は何があるか分からへん。せやさかい、隠形の術をかけようと思いますが、用意はええどすか」

多陽人から訊かれると、助松は急に緊張してきた。

「隠形の術をかけられたら、葛木さまともお話ができないんですよね」

「そやけど、術はまたかけ直すこともできます。何かあったら声をかけてくれてかましまへん」

「分かりました」

「お嬢はんや伊勢屋の旦那はんが現れたら、声の聞こえるところまでは近付きます。その時は私の後をついて歩けばええどすさかい」

「足音も立てちゃいけないんですよね」

声を出して気づかれるのなら、足音も同じことだろうと思って尋ねる。多陽人は助松の肩にそっと手を置いた。

「そない難しゅう考えんでもええ。ここは水音もしてるし、多少の物音がしても、人は変に思わへん」

「わ、分かりました」

助松は硬い声で返事をし、先ほど教えてもらった通り、左拳を右の掌《てのひら》で支え持つ隠形の術の印を結んだ。

「助松はん」

多陽人がいつもより優しい声で呼ぶ。

「その前に、一つ覚えてほしい歌がありますのや」

「歌ですか」

きょとんとして、助松は多陽人の顔を見上げた。

「分かりやすい歌やさかい、二、三度唱えれば覚えられると思います」

そう言ってから、多陽人は一首の歌をゆっくり口ずさんだ。

天地《あめつち》の　神も助けよ　草枕《くさまくら》　旅ゆく君が　家に至るまで

「天の神さんも地の神さんもお助けください。旅に出て行ったあの人が無事に家へ帰って来るまで――という意味や。分かりやすうおすやろ」

続けて説明してくれた多陽人に、助松は大きくうなずき返す。

多陽人はそれから歌を二度暗誦《あんしょう》した。三度目は助松も一緒に口ずさんだ。

「お父《とっ》つぁんが旅に出る前、この歌を歌ってあげたかったです」

「その気持ちはお父はんに再会したら、直《じか》に言うてあげたらええ」

「はい」

「待ってる間、頭の中にいろんなことが浮かんでくると思います。ええことならかまへんけど、考えるだけで心配になったり、気分が悪うなるようなことが浮かんできたら、この歌を胸に唱えるんや。そしたら、神さんが助松はんを守ってくださるよって」

「分かりました」

助松は先ほどよりずっと落ち着いた声で言い、改めて隠形の術の印を結び直した。

ほな、いきますで――という合図の後、多陽人が「常に日、前を行き、日、彼を見ず」と先ほどの呪文を唱え始める。

助松は静かに目を閉じ、多陽人の言葉に聞き入った。

本当に姿が消えるわけではない――そのことは分かっていたが、夜の気配と一体になるような不思議な感覚に、助松は包み込まれていった。

三

長屋の床に風呂敷が敷かれ、その上に干した木や草の葉、茎、根、花から実に至るまで、さまざまなものが少しずつ置かれている。においがしないものの方が少なく、中には強烈なにおいを放つものもあった。

薬研《やげん》や薬さじを前に、父がそれらの一つ一つを吟味している。

あれはいつのことだったろう。

助松は河川敷でしづ子や平右衛門が来るのを待ちながら、遠い日の出来事に思いを馳せていた。

助松が七つか八つくらいのことだ。腹痛を起こして苦しんでいた時、黒い丸薬を飲むように父から言われたことがあった。それを飲んでしばらくすると、痛みは嘘のように消えていったのである。

「反魂丹《はんごんたん》というんだ」

それが、助松と反魂丹との出合いであった。

父が干した草やら根やらを床いっぱいに広げ出したのは、それからしばらくしてのことだ。何をしているのかと尋ねると、

いう。
「反魂丹を作っておくんだよ」
と、父は答えた。助松が飲んだ際、残りが少なくなっていることに気づいたのだと
いう。
助松は父が広げた草や根などをいちいち指差し、名前を尋ねた。
「これは、朝顔の種を潰したもので牽牛子《けにごし》という。こっちは、橙《だいだい》などの皮を干した
枳殻《きこく》に、連翹《れんぎょう》の実を干したもの。それは黄連《おうれん》の根、あれは甘草《かんぞう》……」
助松が尋ねることに、父は事細かく教えてくれた。直に触らせ、においを嗅《か》がせて
もくれた。
父が薬を作るさまを見ているのは楽しく、助松は父の話に熱心に聞き入った。その
時は父が反魂丹を作り置きしただけで、何事もなかったのだが、しばらくしてから、
助松は再び父に反魂丹を作らないのかと尋ねた。
また、父が薬を作る姿を見てみたかったのだ。
「いや、そんなにたくさん作っても仕方ない。そんなにしょっちゅう、腹痛になって
も困る」
「余ったら、伊勢屋さんに持って行けばいいよ」
と、助松は提案した。
「伊勢屋では富山の問屋さんから薬を仕入れてるんだ。お父つぁんが勝手に作った薬

を売るわけにはいかないんだよ」

「そうなの？　おいらにも、反魂丹、作らせてほしかったのに」

助松が何げなく言うと、父は笑った。

「薬は見よう見まねで作れるものではないぞ。人の体に入るものなのだ。薬草一つ取り違えただけで、大変なことになる」

「でも、おいら、覚えたよ。朝顔の種を潰した粉が牽牛子で、分量は丸薬を二つ作るのに……」

助松が覚えたことを披露すると、初めのうち「よく覚えてたな」と感心していた父は、やがて顔色を変えた。

「お前、あの時に一度見ただけで覚えられたのか」

「見ていただけじゃなくて、お父つぁんが教えてくれたじゃないか」

「そりゃそうだが、たった一度だけだろう」

顔を強張《こわば》らせていた父は、その後、ふと思いついたという様子で、先日使った薬草類を一つ一つ取り出した。それらは箱に入れてあったり、布や紙に包んであったり、さまざまな形で保存されている。助松は父から示されるなり、一つ一つ薬草の名前を得意げに答えていった。

十個目くらいだったろうか、父は大きな深い溜息《ためいき》を漏らしてから、助松に切り出した。

「いいか。このことは忘れてしまいなさい」

てっきり父から褒めてもらえるだろうと思っていた助松は、「ええっ」と声を上げて驚いた。

「このことって、薬草の名前？」

「名前も、反魂丹の作り方も、お父つぁんが反魂丹を作ったこともだ」

「どうして？」

助松が一生懸命尋ねると、父は重苦しい溜息を吐《つ》きながらも、

「反魂丹の作り方は、世の中に出回ってはいけないものだからだ」

と、真剣な口ぶりで答えた。

「どうしてなの？」

「薬は人の体に関わる大事なものだからだ。一つ間違えば命を落とすことにもなりかねない。見よう見まねで作れるものでないというのは、そういう意味だ」

父の厳しい表情は、助松の心に深く刻まれた。

「材料さえ知っていれば一見作れるように思えてしまうのも怖いところだ。皆がそうやって自分勝手に作り出したらどうなると思う？　中には分量を間違えて死ぬ人だって出てくるかもしれない。伊勢屋のような薬種問屋は、だから必要なんだよ」

父の言うことはしっかりと理解できた。

だから、助松は「分かった」と答え、反魂丹の作り方を忘れることを約束した。

父はその後、助松の前で反魂丹を作ることはなかったし、余っていた薬剤もいつしか処分してしまったようであった。

助松もその後、腹痛を起こして反魂丹を飲むことはあったが、それ以外に反魂丹について語ることはしなかった。本当は作り方を忘れてしまうことはできなかったけれども。

だが、父が行方知れずになって、ふと思ったことがある。もしかしたら、反魂丹の作り方を知っている父は、誰かにとって邪魔者だったのではないだろうか、と――。


（お父つぁん、無事でいて）

手は隠形の印を結んだまま、助松は心の中で祈っていた。雑念が起こった時は、多陽人に教えてもらった「天地の」の和歌を胸の中でひたすら唱え続けた。

そうすると、本当に心の中がすっきりと晴れ、美しいものだけで満たされていくような気がするのだった。

どのくらい時が経《た》ったのか、やがて、助松は土手の上に提灯の火と思《おぼ》しきものを見出した。

（来たっ！）

伊勢屋平右衛門か。

それとも、しづ子を捕らえた連中たちか。

提灯の明かりは躊躇《ためら》いがちにゆっくりと河川敷へ向かって、土手を下りてくる。その明かりが下り立つ地点の見当をつけ、多陽人がゆっくりと歩き出した。一歩進んで、立ち止まり、また一歩進んでは立ち止まる。そんな歩み方だったから、助松も慌てずに足を進めることができた。

初めの提灯が誰のものか分からぬうちに、少し川下の方にまた一つ、別の提灯が現れた。もう一方が現れたのだ。

後から来た提灯もゆっくりと土手を下り始めた。

両者ともすぐに近付こうとはせず、少し離れた場所から様子を探ろうとしているようだ。それでも少しずつ、互いに距離を詰めていった。多陽人はその様子を見定めながら、両者の合流地点となりそうなところへ進んで行く。

やがて、初めに現れたのが伊勢屋平右衛門で、後から現れたのがしづ子たちであると分かった。

（お嬢さん、ご無事でよかった）

提灯を持っている男がしづ子の足もとを照らすようにしていたので、初めにしづ子の姿を見出《みいだ》すことができた。そちらは、男二人、女二人でやって来たらしい。

（お父つぁん！）

提灯を持っていない男がまぎれもない父であることに気づいた時、助松は大声を上げそうになるのを必死にこらえなければならなかった。

（お父つぁんも無事だったんだ――）

いくらそうだろうと思っていても、やはり姿を見るまでは安心できなかった。助松はやっと心の重荷を下ろすことができた。

やがて、提灯を持っている男が大友主税であることも分かった。が、しづ子にぴたりと寄り添っている同年輩くらいの娘は知らぬ顔であった。

「大五郎さんかっ！」

最初に声を発したのは、平右衛門であった。大五郎の姿を見て仰天している。

「お前、無事だったんだな」

震える声で平右衛門は言った。

「無事ならどうして、助松のところに帰ってやらなかったんだ」

「助松はどうしている」

平右衛門の咎めるような問いかけは無視して、大五郎が尋ねた。その口の利き方はかつての主人に対するものではなかったが、平右衛門は特に不快になった様子は見受けられない。

「どうしているって、私のところで小僧をやっている」

「そういう意味ではない。今、どうしているのかということだ」

「今――？」

平右衛門は訝《いぶか》しげな声を発した。

「長屋の自分の部屋にいるだろう。確かめてきたわけじゃないが」

何を言わせるのだという調子で答えた平右衛門は、大五郎の傍らに立つしづ子に目を向け、「お前が無事でよかった……」と感極まった声で言った。

「父さま――」

しづ子の声も潤みを帯びている。

「父さま、大五郎さんは十年前のことを正直に話せば、私を父さまのもとへ帰すと言っているわ。私も少しは事情を聞かせてもらった。今は大五郎さんが何者だったかも知っているの。だから、父さま。正直に話してちょうだい」

しづ子は身を乗り出すようにしてしゃべり、平右衛門は「しづ子」と娘の名を呼びながら、そちらへ足を進めようとする。

「待て」

その間に、主税が割って入った。

「娘を返すのは、本当のことを話してからだ。私は辻家の者で、辰馬殿の従弟《いとこ》に当たる。容赦するつもりはないゆえ、正直に答えてもらおう」

主税はそう言うなり、刀を引き抜き、平右衛門にその切っ先を突きつけた。

「ひっ」

平右衛門が脅《おび》えたような声を上げ、二、三歩後ろへ退いた。

「父さま！」

しづ子が心配そうな声で父を呼ぶ。

「ああ、大丈夫。私は大丈夫だ」

しづ子に答えつつ、自分自身に言い聞かせているように聞こえなくもない。

「私はすべてお前たちの望み通りにするつもりでここへ来た。文《ふみ》で知らせてきたように、このことは店の誰にもしゃべっていないし、知っているのは女房だけだ。女房がついて行くというのを無理になだめ、言いつけ通り私が一人で来た」

「そんなことはどうでもいい。十年前のことを話せ」

主税が平右衛門に刀の切っ先を据えたまま、鋭く命じた。

「十年前のことといって、私が知っていることは、そこにいる大五郎――辻辰馬さまがすべてご存じだろう。千子屋の主人が毒入りの反魂丹を長月家に納めて、捕らわれの身となった。が、命だけは助かりたくなったのか、すべてを辻辰馬さまの命令だと嘘を申し立てて、辻さまが陥れられた。辻さまはつかまる前に富山藩を脱藩し、ご子息と共に江戸へ来られた。その時ちょうど江戸へ帰る途中だった私が、及ばずながら逃亡の手助けをいたしましたがね」

まさかそのことを富山藩へ訴え出ようというわけじゃありませんよね――と、平右衛門は大五郎と主税の顔を交互に見つめた。

「そんなことをして、辻家にどんな得がある？」

主税が冷ややかに述べた。

「他に知っていることは？」

「他に、ですか」

平右衛門は少し考えるふうな沈黙の後、改めて口を開いた。

「実のところ、千子屋が本当に毒入りの反魂丹を作ったのかどうか、私は存じません。薬にそういう細工をするのは可能でしょうが、薬屋がそんな真似《まね》をするかというと、いささか信じがたい気もしましたよ。そういう意味では、千子屋も辻さま同様、陥れられたのかもしれないと思いましたが」

「そなたはその後、丹波屋と取り引きを始めた。丹波屋のことで知っていることはないか」

「私は丹波屋さんには感謝しております。反魂丹をはじめとする富山の薬を、うちの店で売るのを許してくださいましたからね」

平右衛門は慎重な物言いで述べた。

「そこが、そもそも疑わしい。本来、富山の薬種問屋が他領の同業者に薬を卸すこと自体、忌み嫌われることだ。富山の態度こそが当たり前のものだった。とすれば、何かあると勘繰られても仕方あるまい。たとえば、そなたが丹波屋の弱みを握ったというようなことをだ」

「私は弱みなど握ってはおりません」

平右衛門は両手を前に出し、ばたばたと横に振りながら慌てた様子で言った。

「この十年、搾り取られてたのはずっとこちらでしたよ」

情けなさそうな声が続いた。

「搾り取られていたとは、どういう意味だ」

それまでほとんど口を挟まなかった大五郎が、その時、関心を引かれたような声で訊いた。

「十年前、取り引きを始めるに当たって、相応の金子《きんす》を無心されたんですよ。それはまあ、覚悟の上です。富山の行商人に卸すのより値が張るのも認めました。けれど、取り引きが始まってからがひどかった。あちらが突きつけてきた勘定書きには、額が水増しされてたわけです。抗議はしてみましたが、取り引きをやめると言われれば、うちは大損です。引き下がるしかありませんでした」

「それで、水増しされた額を払い続けたというわけか」

「多少の値引き交渉はしましたがね。おおむね、あちらの言い値で買わされましたよ」

「なるほど、丹波屋はそうして運上金をごまかしていたというわけだな」

主税が納得した様子でうなずき、大五郎に目を向けた。

大五郎も意を得たという様子でうなずき返す。

「他に丹波屋の悪事に加担したことがあれば、すべて言うのだ」

「私が、ですか」

吃驚《びっくり》したという様子で、平右衛門は訊き返した。そんなものは何もないと、首を横に振る。

「一年半前、辰馬殿が富山へ行った際、その正体を丹波屋に漏らしはしなかったか」

「まさか、そんな真似はいたしませんよ。あの時、富山へ行くと言い出したのは大五郎さん、いや、辻さまの方です。私はむしろ止めたんだ」

「確かにその通りです。しかし、後になってみれば、それもわざとであったと思えてきましてね」

大五郎が平右衛門をじっと見据えながら言った。

「どういうことですか。私が丹波屋さんに辻さまのことを伝えて、どんな得があるんです？」

「丹波屋が取り引きの拡大や仕入れ値を下げることを条件に出せば、あり得ぬことではないだろう」

と、主税が言った。

「それはおっしゃる通りですが、逆に辻さまのことを知って、丹波屋さんにどんな利があるんです？」

さらに、平右衛門が訊き返した。

「丹波屋は長月家の指図で動いている。辰馬殿は丹波屋の奉公人たちに拘束され、長月家が使う山中の牢屋に閉じ込められたのだ」

「何ですって！　それは本当ですか」

主税の言葉に、平右衛門は飛び上がらんばかりに驚いていた。その姿に偽りは感じられない——少なくとも、隠形の術で姿を隠しつつ、成り行きを見守っていた助松は思った。

だが、大五郎や主税は何も言わない。平右衛門は自分への疑いが晴れていないことを察したようであった。

「信じてください。私は本当に何も知りません。知っていたなら、こんなところへたった一人でのこのこと現れるわけないでしょう。私はただ、娘を助けたいその一心だけだ。すべて本当のことを話した。これ以上、私には何も話すことなどない」

平右衛門は訴えかけるように言い、なおも大五郎と主税が無言を続けていることに消沈した様子で、空を仰いだ。

「旦那さん」

その時、不意に大五郎が主税の脇から一歩前に出て、平右衛門に声をかけた。

「丹波屋との取り引きの帳簿はどうつけてるんです」

「そりゃあ二つ作ってますよ。丹波屋からの勘定書き通りの偽物と、本当の金の動きを記したものとね。うちが薬種問屋の方で利益を出せるようになったのは、取り引きを始めて数年後でしたよ。しばらくは油問屋の商いの方で穴埋めしなけりゃならなかったんだから」

忌々《いまいま》しげに言い捨てながら、平右衛門はすがるように大五郎を見た。

「では、その帳簿を二つとも、この主税に差し出すことができますか」

「二つとも？」

「そうです。そうすれば、富山の勘定方が調べに入るでしょう」

「それで、うちがお咎めになることはないでしょうな」

「富山藩が口を出せるのは藩内の商家に対してだけですよ」

大五郎は事を収めるように言い、傍らの主税を見た。

これでいいな——というような大五郎の眼差《まなざ》しに、主税がわずかに顎《あご》を引いて答える。その時だった。

土手の上から一陣の黒い風が吹き下ろしてきた。敵意の塊が全速力で向かってくる。

「千枝、提灯の火を消して、お嬢さんと伊勢屋の旦那を守れ」

主税が抜身の刀を謎の集団の方へ向けつつ、鋭い声を発した。

「はいっ」

澄んだ声が答え、すぐさま提灯の火が消える。助松の見知らぬ娘は懐剣を取り出すと、その鞘《さや》を払った。しづ子を背に庇《かば》いながら、川の方へじりじりと下がっていく。

「旦那も提灯を消すんだ」

大五郎の鋭い声が飛び、平右衛門もすぐに火を消した。提灯を放り出した平右衛門はしづ子たちのもとへ駆けて行く。ようやく追いつくや、「しづ子」と感極まった様子で娘の名を呼び、その手を取った。

「父さま」

しづ子も父の手をしっかりと握り返した。その二人の前には千枝が、その前方には主税と大五郎が楯のように仁王立ちしている。しかし、大五郎は刀を持っていなかった。

（お父つぁん！）

助松が思わず叫びそうになった時、その肩に静かに手が置かれた。はっと見上げると、多陽人の顔があった。

提灯の明かりが消えた今、星の明かりだけでは物の輪郭はよく見えない。それなのに、なぜか多陽人の顔だけはくっきりと見えた。その表情はどこまでも余裕を宿し、美しい。

――助松はんも離れているんや。

口に出して言われたわけではないのに、多陽人の声がそのまま胸に届いた。

助松はうなずくと、印を結んだまま川の方へ歩き出す。それを見届けるや、多陽人は音もなく主税の脇に並んで立った。ちらと目を向けた主税が、「どうしてここに……」と驚きの声を放つ。が、すぐに土手の方へ目を戻した。

「助松はんのお父はん」

目を土手へ向けたまま、多陽人が悠然と大五郎に話しかけた。

「ここは、私ら二人に任せてもろてええどすさかい、お嬢はんたちを守ってやっておくれやす」

「あんたは……」

どこからともなく現れた多陽人に、大五郎も驚いていたが、その手に武器らしきものが備わっているのを見るや、黙って多陽人の言葉に従った。

「ほな、行きまひょか」

多陽人が主税に言う。

「あれが何者か分からんけど」

「おそらく長月家か丹波屋の手先だ」

きっと伊勢屋の旦那がつけられていたのだろう——と、主税が低く呻《うめ》くように呟く。

「はあ、なるほど」

多陽人は納得した様子でうなずいた。

「ほな、二、三人は生け捕った方がええんどすやろな」

のんびりと多陽人が言った時、黒ずくめの男たちが襲いかかってきた。

第八首　春過ぎて

一

襲撃者は全部で五人。明らかな殺意を身にまとっている。五人とも、全身を黒装束で覆い、頭巾を被《かぶ》り、口もとを布で覆っていた。

主税《ちから》が刀を握り直すや、「やあっ」という気合と共に駆け出していく。

「共に戦おうちゅう気はないんどすか」

多陽人があきれたように呟《つぶや》き、それから右手を肩の辺りで、ゆっくりと弧を描くように回し始めた。その手は何かを握っており、そこからは三本の細い鎖が伸びている。鎖の先には錘《おもり》がついており、それらが多陽人の手の動きに合わせて、頭上を旋回していた。その勢いはあっという間に速くなり、回り続ける鎖の動きは、まるで宙に平らな円盤が固定されているようだ。

敵はそのせいで、誰も多陽人に近付くことができない。

主税は二人の敵と相対していた。が、残る三人も多陽人をあきらめ、主税の方へ向かう動きを見せる。その時、多陽人の右手首がわずかに動きを変えた。同時に水平だった円盤も斜めに傾く。

直後、多陽人がものを投げる要領で、腕を前方へとくり出した。

円盤が空を飛んだ。

だが、それは多陽人の手を離れた時から円盤の形を崩し始め、標的を移そうとしていた三人に襲いかかった。

「うわっ！」

悲鳴と共に、肉の裂ける音、骨の砕ける音がした。

三人が頽《くずお》れるのは一瞬だった。一人は太腿《ふともも》を砕かれて膝をつき、一人は腕に錘のついた鎖が絡みつき、残る一人は足首を錘で打たれて倒れ込んだ。

「刀、お借りしますで」

腕をやられた敵からすばやく刀を奪い取った多陽人は、峰打ちで三人の手足の動きをすべて封じた。

「助太刀《すけだち》しまひょか」

のんびりとした多陽人の声が終わるか終わらぬうちに、傍らで刃《やいば》が唸《うな》った。

「要らぬ」

一瞬遅れて、主税の低い声。と同時に、人がどうっと倒れた。主税が二人目の敵を倒したところであった。

「おや、私が要らん口利いて、怒ってはりますのか」

「怒ってなどいない」

主税は言い返したが、その声は明らかに不満そうである。

「あなたが三人を――？」

主税は目の前のありさまを見分して、多陽人に訊《き》いた。

「まあ、そないなことになりますか」

他人事《ひとごと》のような口ぶりで言う多陽人に、主税は目を剝《む》いた。

「武士でもないあなたが、わけの分からぬ武器で私以上に敵を倒すなど、一体……」

「それより、この連中、逃げんように縛っといた方がええんと違いますか。吐かせられれば、お国にはびこる悪を暴き出す証《あかし》になりますやろ」

多陽人に言われ、主税はそのことを思い出したようであった。倒れた敵の刀を奪い、その下げ緒で縛り上げていく。多陽人も自らが投げつけた鎖を巧みに使って、痛みに呻《うめ》く敵を縛ろうとしたのだが、

「また、誰か来る」

大五郎の大音声《だいおんじょう》で、その手を止めた。

見れば、土手の上に明かりが揺れていた。先ほどの襲撃者たちのようにいきなり駆け下りて来る気配はなく、提灯《ちょうちん》の火が弧を描くように動いた。それをしばらく見つめていた主税は、

「あれは、敵ではない」

と、断言した。

「そのようやな」

多陽人もまた、分かったふうな様子でうなずく。その多陽人の横顔に、主税が訝《いぶか》しげな目を向けた。

やがて、提灯の一行が土手を下りて来て姿を見せた。侍が六人、そのうち一人だけが頭巾を被っており、風格が違う。その男が他の五人を従えている様子であり、多陽人と主税の前に来るなり、男は頭巾を脱いだ。

壮年の男の顔が現れた。

主税が男の前にさっと跪《ひざまず》いて頭を下げる。

一方の多陽人は知り合いに会ったとでもいう様子で、のんびりと頭を下げた。

「辻主税、ようやった」

男は主税に目を向け、労《ねぎら》いの言葉をかけた。それから、多陽人の方へ目を向けると、

「ここまでしてもらえるとは思わなかったが、これは別勘定になるのか」

と、問うた。多陽人は「いえいえ」と手を横に振りながら、にこやかに微笑《ほほえ》んだ。

「これは、あちらのお客さまのご依頼どすさかい」

多陽人は振り返り、伊勢屋平右衛門に目をやりながら言った。

「なるほど。ここの勘定は伊勢屋持ちというわけか」

納得したようにうなずいた男は「それにしても」と呟《つぶや》きながら、多陽人が敵を捕らえた鎖付きの武器に目をやり、

「これは、微塵《みじん》か」

と、問うた。

「へえ。ようご存じどすな」

「忍びの使う武器で、骨を木端《こっぱ》微塵に砕くことから、そう呼ばれるとか。秘伝の技が神社に受け継がれてきたというが……」

男は探るような目を多陽人に向けたが、多陽人は空とぼけた表情を浮かべている。

「そなたがこんな技を使えるとは、まるで知らなかったぞ」

「そない言うなら、伊勢屋の旦那はんがあなたさまは何者なのか、訊きとうてうずうずしてはると思いますけど」

多陽人は再び平右衛門にちらと目を向けてから、男に言った。男の目と平右衛門の目が合った。

「あのう」

平右衛門が恐るおそるという様子で、進み出てくる。

「そちらさまは、葛木さまとも辻さまともお知り合いのようですが、私だけが存じ上

げぬようで」

平右衛門は多陽人を見、主税を見、それから大五郎にも物問うような眼差《まなざ》しを送った後、男に顔を向けて切り出した。

「確かに、こうして面と向かうのは初めてだが、私はおぬしを知っておる。伊勢屋平右衛門」

「は、はい」

「私は富山に縁《ゆかり》の者だ。ゆえあって名は控えるが、仮に山富《やまとみ》と名乗っておこうか。長月家と丹波屋を探っており、辻主税にそれを命じた」

「はあ。それでしたら、今宵《こよい》ここで何が行われるかもご承知で」

「うむ。邪魔が入るやもしれぬと来てみたが、まあ、要らぬ心配だったようだ」

山富と名乗った男は、主税と多陽人を頼もしげに見やりながら言った。

「この輩《やから》どもは我々が連れて帰り、しかと取り調べるゆえ、任せてもらいたい」

山富は河川敷にあるいはうずくまり、あるいは倒れ伏している襲撃者たちを示しながら告げる。その時には、山富の手勢がその者たちの武器を回収し、改めて捕縛の体裁を整えていた。

「それはよろしゅうございますが、葛木さまとはどういうお知り合いで？　確かに、今宵、どこかから様子を見守り、私と娘の身を守ってほしいと葛木さまにお頼みしたのは、私でございますが」

「葛木多陽人は占い師であり陰陽師《おんみょうじ》であり、何やら不思議な技やら術も使うという。おぬしがおよそ占い師相手とは思えぬ仕事を頼んだように、私も葛木多陽人にある依頼をした」

「万屋《よろずや》の看板でも掲げた方がええどすやろか」

多陽人が茶々を入れた。

「それはいい。看板を掲げるのなら、ぜひ富山にしてもらいたいものだ」

軽口ともつかぬ口ぶりで言う山富に対し、

「いや、それは困ります」

と、本気の口ぶりで、平右衛門は言い返す。だが、すぐに思い直し、

「それはともかく、山富さまの葛木さまへのご依頼とはどんなものだったのでございますか」

と、話を進めた。

「伊勢屋の帳簿」

山富は躊躇《ためら》いなく答える。

「何ですって」

仰天する平右衛門のことは無視して、山富は話を続けた。

「主税に命じたこととつながるが、十年前の千子屋騒動といい、一年半前の辻辰馬、いや、伊勢屋の手代大五郎のかどわかしといい、裏で糸を引いているのが長月家と丹波屋であることはほぼ明白だ。しかし証がない。また、江戸の伊勢屋がそこに絡んでいるのかどうかが分からぬ。だが、いろいろと探るうち、丹波屋の商いに不正があると分かってきたのでな、その証として伊勢屋の帳簿を手に入れんとした」

「その件は先ほど承知しました。帳簿は確かにお渡しいたしますよ」

「無論、そうしてもらおう。ただし、おぬしが丹波屋の仲間とも考えられたゆえ、万一に備えておいたというわけだ。それが、葛木多陽人への依頼だ」

「それは、ここに」

多陽人は懐から紙の束を取り出すと、いささか芝居がかった様子で山富に差し出した。

「伊勢屋と丹波屋の取り引きにまつわる帳簿どす」

「ちょっとお待ちください」

平右衛門が慌てふためきながら、割って入った。

「うちの帳簿はそんな紙の束ではありません。綴《と》じた帳面につけてますし、そもそも葛木さまにお見せしたことなんて」

「これは、万一に備えて作らせてもろた写しどす。けど、本物の方も約束通りそちらさまへお渡し願います」

悪びれもせず、多陽人は平然と言う。

「まあ、念のため、これは受け取っておこう」

山富が多陽人の差し出した帳簿の写しを受け取って、そのまま袂《たもと》へと入れた。

「これで、書き換えはできぬことになったぞ」

「そんなことは考えてもおりませんよ」

本気とも冗談ともつかぬ山富の言葉に、平右衛門は大真面目《おおまじめ》に言い返した。

「それより」

平右衛門は多陽人に目を向けると、納得できないという口ぶりで先を続ける。

「どうやってうちの帳簿を写したというのでしょう。まさか、夜半にうちへ忍び込んで帳簿を盗み取り、写した後、戻したとでもいうのですか」

「そない面倒な真似《まね》はいたしまへん」

「では、どうやって」

「三日前、伊勢屋はんに伺うた際、ちょっとした暗示をかけさせてもらいました。帳簿を持ってきておくれやす、と言うたら、旦那はんが自ら持ってきてくれはったのや」

「そんなことは少しも覚えていない……」

「そりゃあ、暗示にかかってましたさかいな」

あっさりと、多陽人は言った。

「だとしても、葛木さまが帳簿を御覧になることができたのは、わずかな間だけではないのですか」

「そうどすな。四半刻《しはんとき》といったところやろか」

「そんな短い間に、すべて書き写したとか、すべて覚えたとか、人の業とは……」

自分の言いかけた言葉に、自ら驚いたというふうに、平右衛門は口を閉ざした。

多陽人は不快になったふうも見せず、

「まあ、どちらでも好きなように考えておくれやす。ちなみに、どちらも可能でないとは言いまへん」

謎めいた微笑を湛《たた》えた顔で言う。

平右衛門はぎょっとした表情を浮かべ、多陽人から目をそらした。

「承服できぬところもあろうが、このあたりで受け容《い》れてもらおう」

山富が話に区切りをつけるように言った。

「ちなみに、私が今宵のことを聞いたのは辻主税を通してであり、葛木多陽人とは関わりない。葛木多陽人とここで出くわしたのは私にとっても驚きであった。無論、この二人とて、互いが私とどうつながっていたのかは、今日ここで知ったはずだ」

山富の言葉を裏付けるように、主税が大きくうなずいた。多陽人は我関せずといった調子で何も言わない。

「さて」

山富が表情を改めると、

「辻辰馬よ」

と、それまで話にまったく加わらなかった大五郎に目を向け、昔の名を口にした。

「はい」

大五郎が進み出て、山富の前に跪く。きびきびしたその動きも、折り目正しいその姿勢も、いかにも侍というふうに見えた。

「まずは丹波屋の不正を暴く材料が手に入った。ここから手をつけ、いずれは十年前のことも暴いていく。流れが変われば、口をつぐんでいた者たちの証言も得られるはずだ。さすれば、おぬしの名誉も回復されよう」

「恐れ入ります」

「必ずや富山へ戻れるよう力を尽くす」

「いえ、その件はもう」

お考えくださいますな——と、大五郎は落ち着いた声で告げた。

「侍には戻らぬと申すか」

「私の息子は私が武士だったことすら存じませぬゆえ」

「あー、しばらく」

その時、多陽人が二人の間に割って入った。山富と大五郎がそれぞれ、何事かというような目で多陽人を見据える。

多陽人は目を暗い川の方へと向けた。その場にいた皆がつられてそちらを見たが、誰もいない。

「もう、かましまへん」

誰にともなく、多陽人は告げた。

「助松はん、印をお解きやす」

「なに——」

その場にいた者が皆、表情を変えたが、中でも驚きを隠せなかったのが大五郎である。

「お父《とっ》つぁん！」

闇の中から声がしたと同時に、それまで人の目にまったく触れなかった人の姿が浮かび上がる。

泣きそうになるのをこらえながら目を精一杯見開き、大五郎を見つめる助松であった。

二

「助松っ！」

大五郎が声を放つや否や立ち上がり、助松の方へ駆け寄っていく。助松もまた、吸い寄せられたように、父へと駆け出していた。

助松は父の胸にしがみつき、父はかつて別れ際にしたように、息子の頭に手をやった。

「おいら、葛木さまに力を貸してもらって、今の話、聞いてたんだ」

「何だと。お前はずっとここにいたというのか。私にはまったく姿が見えなかったぞ」

隠れる場所などどこにもない河川敷を眺め回しながら、大五郎が首をかしげた。

「まあ、そこはこだわるとこやあらしまへんやろ」

助松が説明するより先に、多陽人が口を挟んだ。

「それより、助松はん。お父はんに訊きたいことが仰山《ぎょうさん》ありますやろ」

「うん」

勢いよくうなずいてはみたものの、いざとなると、何から尋ねればいいのか分からない。

父は大友主税と名乗っていた若い侍と親戚で、本当は辻辰馬とかいう聞いたこともない名前で、十年前に富山を出て、その時に伊勢屋の旦那さんに助けられて……。

（それは、全部、本当なの？）

いっそのこと、そう訊きたいところであった。

だが、今の大人たちの話が嘘《うそ》でないことは、助松にも分かっていた。そして、その話の中にはわけの分からないところもあったが、例の父の日記を読み解いてくれた多陽人の言葉に照らせば、おおよそのところは理解できる。多陽人の歌解きが正しかったということも、今の話でよく分かった。

その父に、今どうしても尋ねなければならないことといえば――。

「お父つぁん」

助松は父の顔を見上げた。

「……帰って来る？」

家へ帰って来るのか――とは訊けなかった。父と助松の家はもうない。

でも、自分は父が帰って来るのをずっと待っていた。一度だけ泣いてしまったけれども――あの約束は破ってしまったけれども、ずっと祈り続けていた。

「天地《あめつち》の神も助けよ草枕旅ゆく君が家に至るまで」

つい先ほど多陽人に教えてもらったばかりの歌が助松の口から漏れ出した。父の前で口にするつもりなどまるでなかったのに、勝手に口が動いてしまう。

大五郎の顔が思いがけないものに出くわしたような驚きに打たれた。それは少しすると、不意にゆがんだ。

「わ……わが命も――」

父の口から、助松が思ってもみなかった言葉が漏れた。

わが命も　常にあらぬか　昔見し　象《きさ》の小川を　行きて見むため

「お父つぁん……」

父が口ずさんだのはきっと『万葉集』の歌だろうと、助松は思った。父の日記の最後にしたためられていた「からころも」の歌が思い出される。泣いている子供を置き去りにして、家を出て行った父親が、その旅先で馳《は》せていた思い、それがこの歌ではないのか。歌の意味が分からないというのに、助松はなぜかそう思った。

「助松……」

気がつくと、しづ子が傍らに立っていた。

「大五郎さんはね。この一年半、命が尽きないでほしいと思っていたそうよ。この歌は大伴旅人公が今の九州に行った時の歌なの。旅人公が故郷の『象の小川』を再び見るため、長生きしたいと願っていたように、大五郎さんも再び助松に会うため、決して死なない——そう思っていらしたのだわ」

「お父つぁん……」

胸の奥から熱いものが込み上げてくる。だが、今はもうこらえなくてもいい。こうしてお父つぁんに再び会うことができたのだから。

そう思ったら、涙があふれ出てきて止まらなくなった。

助松は父の着物に顔をこすりつけながら、思う存分泣き続けた。

大五郎のその後の進退について、結論を急がせることはせず、山富は手勢を引き連れ、いち早く去って行った。一同に襲いかかってきた黒ずくめの五人組も、手勢たちによって連れ去られている。

「後ほど、帳簿を届けにまいるように」

という山富の言葉に対し、大五郎と主税、多陽人はそれぞれ頭を下げた。

「ほな、帰りまひょか」

山富たちが去った後、多陽人が言い出した。

提灯《とも》には再び火を点し、平右衛門と主税がそれぞれ手にしている。帰るといってもばらばらだが、取りあえず駕籠屋《かごや》が見つかるまでは歩いて進むより他なく、皆で土手を上り、江戸の方角を目指した。

助松は大五郎としづ子に挟まれて歩いた。

「さっき、お父つぁんが言ってた歌は、大伴旅人公の作ったものなんですね」

他に話すべきことがいっぱいあると思うのに、助松の口から出てくるのは歌の話であった。だが、さまざまな境遇の者が入り乱れるこの場では、歌の話がちょうどいいようにも思える。

「ええ、そうよ」

と、応じたのはしづ子であった。

「大伴旅人公の梅の歌を、お嬢さんが前に教えてくださったの、おいら、覚えています。梅の花はおしろいをする娘っ子のようだっていうお話も」

助松は歩きながらしづ子に目を向けて言った。

「そ、そうね。そんな話までしたかしら」

「葛木さまと同じ名前のお人の歌だって、教えてくれたじゃないですか」

「確かにそうは言ったけれど……」

と、言いかけたしづ子は途中で思い直した様子で口調を変えると、

「助松、そんなことはどうでもいいのよ」

と、動揺を隠すように言った。

「葛木さまからも、旅人公の梅の歌を教えていただきました。一度聞いただけだから覚えられなかったけど、好きな女の人を想う歌でしたよね」

助松が後ろを歩く多陽人を振り返って言うと、

「まあ、女の人を――？」

思いがけないところから、声が上がった。聞き覚えのない女の声だったので、助松は驚いたが、さっきまでしづ子に寄り添っていた若い娘である。今は主税と二人、一番後ろを歩いていたが、その娘の声はまるで興味津々というふうに、明るく聞こえた。

「千枝さま」

慌てて振り返ったしづ子が咎《とが》めるようにその名を呼ぶ。娘が主税から「千枝」と呼ばれていたことを、助松は思い出した。

「助松はん、違いますで。あれは亡《の》うなった妻を偲《しの》ぶ歌やと、言うたやないどすか」

多陽人がのんびりした声で、助松の思い違いを正した。

「あら、どこが違いますか。大伴旅人公の亡き妻への想《おも》いは、慕わしい女人への想いと言って差し支えないでしょうに」

千枝はそう言って、同意を求めるように主税に目を向ける。主税は千枝に対して、言葉を返しはしなかったが、

「それで、助松さんに教えた歌とはどんな歌だったのだ？」

と、多陽人に顔を向けて訊いた。

吾妹子《わぎもこ》が　植ゑし梅の樹《き》　見るごとに　こころ咽《む》せつつ　涙し流る

多陽人が気の乗らぬ声で淡々と口ずさむ。いつもとどこか違うように、助松には思えた。

「おいら、その歌の意味、訊いてないんです。どういう意味なんですか、お嬢さん」

助松は傍らのしづ子に訊いたが、いつもなら嬉々《きき》として教えてくれるところなのに、

「教えていただいた葛木さまに訊けばいいでしょう」

と、そっけない。

「……じゃあ、葛木さま、教えてください」

「先にも言うた通り、亡き妻を偲ぶ歌や。妻が植えた梅の木を見る度に涙を流す、と言うてはります」

「わぎもこって何ですか」

助松は前々から気になっていたことを訊いた。

「……私の愛《いと》しい人という意味どす」

一呼吸遅れて、多陽人が答える。

「わぎもこ……」

この歌を知るまでは聞いたこともなかった言葉だが、どこか温《ぬく》もりのある言葉だと思った。この歌は、父の大五郎が母を亡くしたことに重ね合わせて、多陽人が教えてくれたものだ。父にとっての「吾妹子」は亡き母だったのだろうかと、助松はこれまで考えたこともないことを思い浮かべていた。

田地の広がる亀戸村の辺りを、一同はひたすら進んで行く。ぽつぽつと建つ家の中からは明かりの漏れるところもあり、時折、賑《にぎ》やかな人の声が聞こえることもあった。

「今日は節句だから、宵っ張りの家もあるようだね」

先頭を行く平右衛門が途中で呟《つぶや》いた。それに応じて、

「桃の節句だったんですね」

思い出したように、しづ子が言った。

「母さま、まだ起きているかしら」

「お前と一緒に甘酒を飲もうと、待っているだろうよ」

平右衛門の言葉に、何となくしんみりした雰囲気が流れた時、

「旦那さん」

と、大五郎が平右衛門を呼んで立ち止まった。

「私たち三人はここで失礼します」

ちょうど深川の外れに差しかかったところで、道は交差していた。まっすぐ進めば隅田川にぶつかる。

「私たちが隠れ家としていたのは、深川の外れにありますので」

主税と千枝がそちらへ帰るのは当たり前だが、大五郎もそちらへ行くと言う。

「助松は店へ連れ帰っていいのですな」

平右衛門が念を押した。

「はい」と、大五郎はきっぱりと答える。

「辰馬殿、よろしいのですか。ようやく父子の再会を果たしたところでしょうに」

主税が躊躇《ためら》いがちに尋ねた。

「だからといって、そなたたちをあの隠れ家で二人きりにするわけにもいくまい」

大五郎はそう言い、苦笑を浮かべた。主税は言葉を失い、千枝はうつむいている。

「さようなことが本家に知られれば、私はそなたらの父上たちから、どんなお叱《しか》りを受けることか」

こういう事情ですから——と、平右衛門に告げた大五郎は、それから助松に目を向けた。

「今はまだ一緒にいてやれぬが、必ず帰る」

「うん。おいら、もう泣かないよ」

助松は元気よく父に答えた。

父の手が再び助松の頭にのせられる。その手は大きく温もりがあった。

「深川の賑やかな通りに出れば、すぐに駕籠屋が見つかるでしょう」

再び大五郎は平右衛門に目を戻して言い、平右衛門がうなずいた。

「そうですな。この頃合いでは、木戸を抜けるのにも金がかかるが、まあ、仕方ありません」

「帳簿は明日の昼、主税が取りにまいります」

大五郎の言葉に、平右衛門は分かりましたと答えた。

そこで、大五郎と主税、千枝は道を右に折れ、助松たちは辻《つじ》に立ったまま、しばらくの間見送っていた。助松が去り行く父の背中から目をそらすまで、誰も動き出そうとはしなかった。

三

それからひと月ほどが経《た》ち、暦が四月に変わった立夏の日。

大五郎が深川の隠れ家を引き払い、辻主税と千枝を連れて伊勢屋へ現れた。大五郎はひとまず伊勢屋に身を置き、住み込みの手代として以前のように働くという。ちょうど助松が長屋の部屋を一人で使っていたため、大五郎がそこへ入ることになった。

一方、江戸での用事を済ませた辻主税と千枝は、富山へ帰るという。二人はすでに旅支度を整えていた。

「この度は、辞去の挨拶とこれまでの詫《わ》びを申し上げるべく参った」

客間で平右衛門としづ子に対面した主税は、千枝と共に頭を下げた。

「まあ、先の件については、大五郎さんからよくよく説明を受けたので」

互いにもう言いっこなしにしましょう——と、平右衛門が穏やかに言った。その傍らで、しづ子も無言でうなずいた。

「今日は皆さまがお見えになるとのことでしたから、助松に葛木さまを呼びにやらせています。そろそろ来る頃でしょう」

そう言っているうちに、「葛木さまをお連れしました」と助松の声が部屋の外から聞こえてきた。

「これで、あの夜に一緒だった者が皆、そろいましたな」

平右衛門の言葉を聞きながら、助松には、あの夜のことが遠い過去のように思えていた。あれは夢だったのではないかと思う時さえ、このひと月のうちにはあったのだが、こうして七人がそろっているのを目にすると、やはり現実だったのだと思わざるを得ない。

　大五郎はひと月の間に、伊勢屋へ何度か足を運んでおり、奉公人の皆とも顔を合わせている。富山の山中で急病にかかり連絡もできなくなっていたところ、助けてくれる者がいて、今は健康を取り戻したというふうに、皆には伝えていた。

　助松は皆から口々に「よかったな」と言われ、今日からは父とも一緒の部屋に住むことができる。その喜びに胸を膨らませていたが、しづ子は寂しげな表情を浮かべていた。

「本当に、千枝さまは富山へお帰りになってしまわれるのですね」

　隠れ家で過ごしていた最後の夜、ようやく打ち解け合ったしづ子と千枝との仲は、それからのひと月、さらに親しみを増していた。平右衛門が丹波屋の悪事とは無縁だと分かった後、千枝はすっかり態度を改め、二人は一緒に買い物に出かけたり、和歌の話を交わしたり、交流を深めていたのである。

「いずれすべてが片付いたら、しづ子殿も富山へお越しください」

　千枝もまた寂しげな表情を浮かべつつ、かつてない熱心な口ぶりでしづ子を誘った。

「江戸の町はしづ子殿に案内していただきましたが、富山では大伴家持公ゆかりの場所を、私がご案内いたしますゆえ」

「まあ、そうなったら、どんなにすてきでしょう。父さま、富山へ行ってもかまいませんでしょう」

しづ子が目を輝かせながら、平右衛門に尋ねた。

「富山が落ち着いてからなら、まあ……」

平右衛門は控えめに承知したものの、やはり心配そうである。その表情をそのまま主税へ向け、改めて口を開いた。

「例の山富さまのお話では、これから粛清が始まるのでございましょう。あちらだって手をこまねいているとは思えません。そんなところへお帰りになって、お二人は大丈夫なのでしょうか」

「それについては、私から」

間に割って入ったのは大五郎であった。

「脱藩した私が富山へ行くならともかく、二人は十年前の事件にも関わっていない。この江戸での一件があちらに知られている恐れはありますが、河川敷での襲撃者はすべて捕らえましたし、山富さまも大事ないとおっしゃってくださっています」

「まあ、あの山富さまというお方が、それなりの地位にあるらしいとは、私にも分かりますがね」

平右衛門が幾分遠慮がちの口ぶりで呟いたのを受け、

「やっぱり、山富さまは偉い方だったんですね。まさか、お殿さまですか。それとも、

「ご家老さまですか」

　助松が無邪気な問いを、その場の誰にともなく投げかけた。

　一瞬、富山に関わる三人の顔が強張ったものになる。助松もさすがにその場の気まずさを察することはできた。助けを求めるような心地で、

「葛木さまも山富さまのこと、ご存じなんですよね」

と、多陽人に話を向けると、「はて」と空とぼけた声が返ってくる。

「あの方の依頼を受けた際、この件を通して知ったことを余所《よそ》では語らんよう、言われましたさかい」

多陽人は受け流した。

「では、名残は尽きないだろうが、二人はもう発《た》った方がよかろう」

やがて、大五郎が主税と千枝に切り出した。

「はい。葛木殿と助松殿にも世話をおかけした」

改めて後から来た二人に、主税が挨拶する。続けて千枝が助松に微笑みながら、

「助松殿もいつか富山に来られ。あちらにはお母上の墓所もあるがですちゃ」

と、言い添えた。初めて聞くお国の訛《なま》りに驚きつつも、意味は分かる。

「必ず行きます！」

助松は先ほどのしづ子と同じく、目を輝かせて答えた。

故郷のことも亡き母のことも、助松にはまったく記憶がない。また、主税と千枝が親戚だと今では分かっていたが、正直なところ実感は湧かなかった。それでも、国の言葉で故郷へ誘われたこの時だけは、富山へ行ってみたいと強く思い、千枝にも初めて親しみが湧いた。

「では、助松。私と一緒に行きましょう」

しづ子が笑顔で言い、助松も明るく「はい」と答えた。

それから、主税と千枝の二人を見送りに、皆で外へ出た。母屋の庭を抜け、裏木戸までゆっくり歩いて行く。

別れの時が迫る中、誰もが無口になっていたが、裏木戸の手前に到着すると、

「千枝さま」

しづ子が切ない声を上げた。振り返った千枝と向かい合ったしづ子は、

「お文《ふみ》をお待ちしています」

と、真剣な表情で言い、千枝は「必ずや」と堅く約束した。

「落ち着いたらきっと知らせます。再びお会いできるのを心待ちにしておりますゆえ」

二人は手を取り合って別れた。

「くれぐれも用心して行きなさい」

という大五郎の言葉にうなずき、主税と千枝が去って行くのを見届けた後、気の抜けたような雰囲気が漂った。

平右衛門と大五郎は今後のことで話があるというので、先に中へ戻って行き、庭には助松としづ子、多陽人だけが残った。空を仰げば、気持ちよく晴れ渡っていて、日向に佇《たたず》んでいると少し汗ばむほどだが、風が心地よい。

「今日から夏になったのですね」

しづ子が思い出したように言い、歌を一首口ずさんだ。

春過ぎて 夏来《きた》るらし 白妙《しろたへ》の 衣乾《ほ》したり 天《あま》の香具山《かぐやま》

意味は何となく分かる気がしたが、「白妙」や「天の香具山」など初めて聞く言葉もある。

「それも、『万葉集』の歌ですか」

助松が問うと、しづ子はうなずいた。

「そうよ。持統《じとう》天皇という女人の天皇さまがお詠《よ》みになった歌なの。春が過ぎて夏が来たようだ、っていう意味は分かると思うけれど、これは暦から察したのではなくて、乾している衣を見て気づいたのね。衣替えをするので、夏の衣裳《いしょう》を乾しているということだと思うわ」

「『白妙』とは何ですか」

「『白妙の』は『衣』を導く枕なのよ。前にもあったでしょう。『からころも』が『裾《すそ》』を導く枕だとか」

「はい。覚えています。意味は考えなくてもいいんですよね」

「ええ。もともとは衣が真っ白なありさまをそう言っていたのでしょうけれど、この歌では白い衣だけでなく、染めた衣を乾していたと考えてもいいと思うわ。真っ白な衣だけが風に棚引いている光景も、さわやかできれいでしょうけれどね」

「真っ白なのは夏らしい感じもします」

助松の率直な感想に対し、

「そうかもしれないわね」

しづ子はにっこりと微笑んだ。

「天の香具山というのは何ですか」

「大和国にある山の名前よ。近くには畝傍《うねび》(畝火)山、耳成《みみなし》(耳梨)山という山があって、大和三山《やまとさんざん》と言われているの。畝傍山は女で、天の香具山と耳成山は男なの。二つの山は畝傍山を取り合ったという伝説もあるのよ」

その伝説を詠んだ歌だということで、さらにしづ子は別の一首を紹介してくれた。

香具山《かぐやま》は　畝火《うねび》ををしと　耳梨《みみなし》と　相あらそひき　神代《かみよ》より　かくにあるらし
古昔《いにしへ》も　然《しか》にあれこそ　うつせみも　嬬《つま》を　あらそふらしき

「それは長歌ですか」

助松の問いに、しづ子はうなずいた。

「ええ。天智天皇さまのお作りになった歌なの。さっき話した持統天皇さまのお父上よ」

「畝傍山を恋しいと思う天の香具山は、耳成山と争った。神々の昔からこうだったのだから、人の世になった今も、人々は妻を争って奪い合うのだろう、という意味のことを歌っているのよ」

「お嬢さんはいつか大和三山へ行ってみたいですか」

「そうね。自分の目で見ることができるものなら、いつか見てみたいわ」

夢見るようなしづ子の頬が少し紅潮したさまに、つかの間、助松は見とれていた。

それから我に返ると、多陽人の方に目を向け、

「葛木さまも歌を教えてください」

と、せがんだ。

「歌というてもなあ。助松はんは何を知りたいんや。狂歌の作り方でも教えまひょか」

そう言い出した多陽人に、しづ子が顔色を変える。

「いえ、狂歌じゃなくて『万葉集』です」

今となっては、父が日記に『万葉集』の歌ばかりをしたためたのは、父が富山出身だったからだと分かるが、助松にとっても富山は故郷である。故郷と馴染《なじ》みの深い『万葉集』をもっと知りたいという気持ちが募っていた。

「『万葉集』いうてもいろいろあるさかいな。助松はんはどないな歌が好きなんや」

改めて多陽人から問われ、助松ははたと考え込んだ。父の日記の歌を含め、ここ三《み》月《つき》ほどの間に教えてもらった歌の中で、どれが最も強く印象に残っているだろう。いろいろあった。防人《さきもり》の歌、梅の花の歌、大伴旅人と家持父子の歌、そして、恋の歌までも。

だが、やはり最も深く心を揺さぶられたのは、一年半前、父が旅立って行った時の思い出を揺さぶられる――

「防人の歌がいいです」

と、助松は答えていた。

「大伴旅人公や家持公は防人の歌を作ってないんですか」

どうせなら、名前を覚えた歌人の歌がいいと思って、さらに言うと、

「防人っていうのは、防衛の任務に就いた人々が作った歌なの。豪族の出身で朝廷の役人だった旅人公や家持公は、防人ではなかったのよ」

と、しづ子が応じた。

「いや、そうでもおへんで」

多陽人はさらりと言うなり、歌を一首口ずさみ始めた。

み空ゆく　雲も使《つかひ》と　人は言へど　家苞《いへづと》やらむ　たづき知らずも

「これは、大伴家持公が防人の気持ちになって詠《よ》んだ歌どす」

「どんな意味なんですか」

「空行く雲も、大切な人からの使いやと人は言うけど、家へ土産《みやげ》を送る手立てもない――という意味どすな」

「旅先の寂しい気持ちを詠んでいるんですね」

「そうやろなあ」

「旅立って行く人も寂しいだろうけど、置いて行かれるのも寂しいです」

助松はぽつりと呟くように言う。

「葛木さまはどこかへ行ったりしませんよね」

ふと不安になって、助松は多陽人の顔を見上げながら尋ねた。

「はて。私は気ままに旅しながら、江戸へ流れて来た身どすさかい」

また、気ままにどこかへ流れて行くのだ、とでもいうような調子で、多陽人は言う。

「流れて来たって、その間、何をなさってたのですか」

あきれたような口ぶりに、ほんの少し咎《とが》めるような趣を添えて、しづ子が訊いた。

「そりゃ、占いや人助けやいろいろや。もちろん、金はもろてますけどな」

「富山にも行ったことがあるんでしたよね。富山はどんなところですか」

助松が興味津々という様子で尋ねると、多陽人は少し困ったような表情を浮かべた。

「それはお父はんにお聞きやす。私は富山に長《なご》う滞在したわけやないんや」

「そうなんですか。でも、山富さまとは富山で知り合ったんですよね」

「はて、どないやろ。富山だけやのうて能登や加賀、あちこち行きましたさかいな」

山富のことになると、多陽人はあいまいな返事になる。

「いつか江戸も出て行ってしまうんですか」

助松は寂しげな表情になって、多陽人に問うた。

「いつかはそのつもりやけど、まあ、お客はんがいる限りは江戸におるつもりどす」

「それなら当分は無理だと思いますわ。父さまは葛木さまを頼り切っておりますもの」

しづ子が押しかぶせるように言うと、助松もその後に続いた。

「そうだ。お嬢さんとおいらが富山へ行く時、葛木さまに付き添っていただくのはどうでしょう。あ、おいら、お金はないけど」

「お金なら父さまが出してくださると思うわ。そうね。そうしましょう。葛木さまには私たちが富山へ行く折、用心棒をしていただくの」

しづ子は多陽人に否の返事をさせまいとするかのように、早口で言い募る。

「まあ、依頼と言わはるんなら、お引き受けしますけどな」

多陽人はあまり気のない調子で言い、

「ほな、私もこれで失礼します。旦那はんによろしゅう」

と、そのまま裏木戸を抜けて帰って行った。

助松としづ子が母屋へ戻ると、先ほどの客間から大五郎が荷物を抱えて現れた。

多陽人が帰ったことを確かめると、大五郎はまず荷物を部屋へ運びたいと告げた。

「お前の長屋へ案内してくれ。旦那さんの許しは得ている」

「うん、分かった」

助松は答え、しづ子とはそこで別れた。

「お嬢さん、先ほど教えてくださった歌、またお手本に書いてくださいますか」

忘れないうちにと思って、助松が頼むと、

「春過ぎて――の歌のことかしら」

と、しづ子は嬉《うれ》しげな笑みを浮かべて訊き返した。「そうです」と答えると、

「もちろんよ。用意しておくから、後で取りにいらっしゃい」

しづ子はにっこりと微笑んで答えた。

助松は父と共に、いったん母屋を出て、住み込みの奉公人たちが暮らす長屋の方へ向かった。自分の部屋へ父を招き入れた助松は、

「ねえ、お父つぁん」

と、二人きりになったのを機に話しかけた。

「お父つぁんが富山で悪い人たちにつかまったのは、十年前のことを調べようとしたためだったんだね」

二人だけで、父が巻き込まれた事件について話すのは、初めてのことであった。

「ああ。私がそのことを暴き出すのではないかと、悪い連中はお父つぁんの口を封じようとしたんだろう」

「おいら、お父つぁんが反魂丹《はんごんたん》の作り方を知ってるせいなのかなと思ったんだ。前に、お父つぁん、そのことを誰にも言うなって言ってたからさ」

一つ気にかかっていたことを、助松は口にした。すると、父の表情が不意に変わっ

た。

「おい、助松。お前、そのことは誰にも明かしていないだろうな」

誰もいるはずがないというのに、周囲に目を配りながら低い声になって問う。

「話していないよ。お父つぁんの日記は葛木さまに見せたけど、そのことは話してない。お嬢さんがいなくなったことと日記のことで、頭がいっぱいだったから」

「ならいい。あのことはこれからも言うな」

「分かった。でも、その理由は前に聞かせてくれたことだけなの？」

助松が父の返事に納得した上でさらに尋ねると、その途端、大五郎は「しっ」と緊張した声を上げた。助松に動くなと目で合図すると、立ち上がって戸口へ向かう。

ちょうどその時、同じ戸口から急いで離れた人影があった。

しづ子である。

少し前、助松と大五郎が母屋を去った後、客間をのぞいたしづ子は一冊の帳面を拾った。表紙には何も書かれていなかったが、拾い上げた拍子に中がちらりと見えた。

「これは、歌……？」

どうやら『万葉集』の歌を写し取った抄録らしい。見覚えのある蹟《て》は大五郎のものだ。元は武士だった大五郎が『万葉集』をたしなんでいても、何ら不思議はない。

後で助松が手本を取りに来るはずだから、その時に渡せば事は済む。だが、長屋まで届けに行っても手間ではないだろう。どこで失《な》くしたのかと気を揉《も》ませるのも気の毒だと思い、しづ子は奉公人たちの長屋へ向かった。

立ち聞きする気などなかった。だが、中の声から伝わる緊張感のせいで足が強張《こわば》り、戸口を離れることができなくなってしまったのだ。

(大五郎さんが反魂丹を作れる――?)

しかも、そのことを伊勢屋の人々に隠していた。

これはどういう意味なのだろう。

十年前の千子屋騒動――あれは反魂丹に毒が入っていると疑いをかけられたものであった。

千子屋は否定したものの、その後、辻辰馬の命令だと証言を覆《くつがえ》した。辰馬が無実の罪を着せられ、脱藩を決断したという事情は、主税を通してくわしく聞いた。

(でも、大五郎さんが反魂丹を作れるのだとしたら? そもそも、それを秘密にする理由って)

辻家の人々は薬草を毒として用いることもある。主税が神田明神の門前で倒れていたのは、ただ具合の悪いふりをしていたわけではない。本当に具合が悪くなるように毒を飲み、しづ子たちを騙《だま》したのだった。

　そして、千枝——今は本当に親しい友となったあの千枝も、そうなる前、しづ子の餅《もち》に毒を仕込んだ。

　そういうことをふつうに行うのが、辻家の家風なのだとしたら——。

　大五郎——辻辰馬は十年前、本当に毒を盛った反魂丹を、千子屋の品に混ぜたのではないか。もともと辰馬は千子屋と親しかったという話だった。千子屋に出入りし、長月家へ納める反魂丹をすり替えることくらい、可能だったろう。

　そう思った時、中から人の動く気配がした。めまいを起こしそうになりつつも、しづ子は急ぎ戸口を離れようとしたのだが、

「お嬢さん」

　ほんの数歩行ったところで、背後から声をかけられた。身を隠すことなどできなかった。しづ子は振り返ると、

「あ、あの、これ、大五郎さんのものじゃないかと思って」

　手にしていた帳面を差し出しながら言った。

「客間に落ちていたの」

　大五郎は帳面を受け取ると、中を確かめてうなずいた。

「確かに私のものです。お嬢さん、ご足労いただき、申し訳ない」

「い、いいえ」

私は今ここへ来たばかりだ、話などまったく聞いていない——そんな言い訳をいちいちするのは余計に疑わしい。しづ子は何も言わず、わずかにうつむいてこの気まずさに耐えた。

——あまり察しがよすぎるのも困りものですよ、お嬢さん。

「えっ」

しづ子は思わず声を上げた。

「今、何かおっしゃいましたか、大五郎さん」

「いいえ、何も」

大五郎は静かな声で答えた。あれは、深川の隠れ家に捕らわれていた時、大五郎がしづ子に言った言葉であった。今、言われたわけではない。幻聴が聞こえてしまうほど、自分はこの人を恐れているのだろうか。そう思った時、

「ああ、お嬢さん。この歌を知っていますか」

突然、大五郎が言い出した。

まそ鏡　照るべき月を　白妙《しろたへ》の　雲か隠せる　天《あま》つ霧かも

——曇りのない鏡のような月を雲が隠しているのか。それとも、隠しているのは天

の霧なのか。

真実は雲や霧に隠されている――歌はそう告げているように、しづ子には聞こえた。

「誰かいたの？」

部屋に戻って来た大五郎に、助松は尋ねた。

「ああ。母屋に置き忘れてきた帳面を、お嬢さんが届けてくださったんだ」

大五郎はそう言って、帳面を示してみせた。助松はうなずき、じっと父を見つめた。まだ話は終わっていないという気持ちが眼差《まなざ》しにこもっているのを読み取ったのだろう、大五郎は再び助松の前に座り、改まった様子で口を開いた。

「お父つぁんが反魂丹を作れることを人に話しちゃいけないのはなぜか、という話だったな」

父の言葉に、助松は黙ってうなずき返す。

「前に話して聞かせたのは嘘《うそ》じゃない。薬を作るのは慎重にも慎重を重ねて行わなきゃならんことだ」

真剣な口ぶりで父は告げた。

「反魂丹はこの店で誰も作れないから、富山の薬種問屋である丹波屋から仕入れてた。しかし、作れる奉公人がいたなら、旦那さんは丹波屋との取り引きをやめてただろう。

あの夜もおっしゃってたが、必要以上に金を取られてたわけだからな」

「うん、そうだったね」

「だが、伊勢屋が丹波屋との取り引きをやめたら、私は丹波屋のことを調べられなくなる。だから、伊勢屋にはどうしても丹波屋とつながっていてほしかったんだ。だが、この度のことで、たぶん丹波屋は潰れるだろう。そうなったら、私の口から旦那さんにちゃんと打ち明けるつもりだ」

「そしたら、お父つぁんはこの店で反魂丹を作るの？」

「それは、旦那さんのお考え次第だから何とも言えない」

大五郎は助松から目をそらして答えた。

「もしお父つぁんが大っぴらに反魂丹を作れるようになったら、おいらもちゃんと作り方を習いたかったんだけどな」

少し残念そうな口ぶりで助松が呟くと、父の眼差しは再び助松に戻ってきた。

「お前はあの時、一度見ただけで薬草の種類をほとんど覚えてたな。においも嗅《か》ぎ分けることができたようだし」

「まあ、そうだけど、薬草はどれもにおいが強いから」

「いや、お前には本草学《ほんぞうがく》の才がある」

父は真剣な面持ちで告げた。

「ほんぞうがく？」

「ああ。決められた薬を決まった通りに作るだけじゃなく、新しい薬を作ったり、薬の効き目を確かめたり、そういうことを行うのが本草学者だ。医者を兼ねる者も多い」

「おいらが、その本草学者になれるって言うの？」

「少なくとも、その才はあると思う。お父つぁんも知ってる限りのことをお前に教えよう。お父つぁんで物足りなくなったら、ちゃんとした先生につけばいい」

思いがけない話に、助松は返事ができなかった。

「お前にその気があるなら、お父つぁんはこの先も伊勢屋さんで世話になろうと思う」

「もう武士には戻らないってこと？」

助松が父の顔色をうかがうようにしながら問うと、

「お前は武士になりたいのか」

と、逆に父は訊き返してきた。助松は迷わず首を横に振った。

「お父つぁんのこれまでのことを思うと、なりたいとは思わない。それより、本草学者の方がいいって、今は思う」

「そうか。もちろんその考えが変わることだってあるかもしれない。だが、今しばらくは、伊勢屋さんで世話になるってことでいいな」

「うん、それでいいよ」

助松は夏の陽射《ひざ》しのように明るい笑顔を浮かべて答えた。それから、話が一段落した軽い気分で、

「そういえば、さっき、お父つぁん、歌を口にしてなかった?」

と、ついでに尋ねてみた。

「ああ、聞こえていたのか」

父は何げない調子でうなずき、助松の前で歌を口ずさんでくれた。

「まそ鏡照るべき月を白妙の雲か隠せる天つ霧かも、という歌だ」

「どういう意味なの」

「まそ鏡というのは澄んだ鏡のことだ。そんな鏡のように照る月を隠しているのは、白妙の雲か、天上の霧なのか、というような意味だな」

「『白妙の』は衣を導く枕だって、お嬢さんが教えてくれたよ」

助松が言うと、父はちょっと驚いたように目を瞠《みは》り、そんなことも知っているのかと呟いた。

「その通りだ。だが、『白妙の』は雲を導く枕でもあるんだ」

「真っ白なものを導くんだね」

「その通りだ。白は汚れがなく清らかな色だからな」

大五郎はそう言って、行方知れずになる前と同じように、助松の頭に手をのせ、静かに撫《な》でた。自分はもうあの頃のような子供じゃない、と照れくさくなったが、助松はあえて何も言わなかった。

父に頭を撫でてもらうのは、ひと時だけでも幼い子供に返ることを許されたようで、とても心地よかった。温かな気持ちにひたる助松は、同じ歌を聞かされたしづ子がどんな気持ちを抱いたかなど、知る由もなかった。

引用和歌（すべて『万葉集』）

からころも裾に取りつき泣く子らを　置きてそ来のや母なしにして　他田舎人大島（巻二十・四四〇一）
新しき年の始の初春の　今日降る雪のいや重け吉事　大伴家持（巻二十・四五一六）
時時の花は咲けども何すれそ　母とふ花の咲き出来ずけむ　丈部真麻呂（巻二十・四三二三）
あしひきの山坂越えてゆきかはる年の緒長くしなざかる越にし住めば
大君の敷きます国は都をもここも同じと心には思ふものから
語り放け見放くる人眼乏しみと思し繁しそこゆゑに情和ぐやと
秋づけば萩咲きにほふ石瀬野に馬だき行きて遠近に鳥踏み立て
白塗の小鈴もゆらにあはせ遣りふり放け見つついきどほる心の中を
思ひ伸べうれしびながら枕づく妻屋のうちに鳥座結ひ据ゑてそわが飼ふ
真白斑の鷹　大伴家持（巻十九・四一五四）
大君の和魂あへや豊国の　鏡の山を宮と定むる　手持女王（巻三・四一七）
わが園に梅の花散るひさかたの　天より雪の流れ来るかも　大伴旅人（巻五・八二二）
青旗の木幡の上をかよふとは　目には見れども直に逢はぬかも　倭大后（巻二・一四八）
磐代の浜松が枝を引き結び　真幸くあらばまた還り見む　有間皇子（巻二・一四一）
しなざかる越に五年住み住みて　立ち別れまく惜しき初夜かも　大伴家持（巻十九・四二五〇）
伊勢の海の磯もとどろに寄する波　恐き人に恋ひわたるかも　笠女郎（巻四・六〇〇）

吾妹子が植ゑし梅の樹見るごとに　こころ咽せつつ涙し流る
大伴旅人（巻三・四五三）

みやじろの砂丘辺に立てる貌が花　な咲き出でそね隠めて思はむ
作者未詳（巻十四・三五七五）

天地の神も助けよ草枕　旅ゆく君が家に至るまで
作者未詳（巻四・五四九）

わが命も常にあらぬか昔見し　象の小川を行きて見むため
大伴旅人（巻三・三三二）

春過ぎて夏来るらし白妙の　衣乾したり天の香具山
持統天皇（巻一・二八）

香具山は畝火ををしと耳梨と相あらそひき神代よりかくにあるらし
古昔も然にあれこそうつせみも　嬬をあらそふらしき
中大兄皇子（巻一・一三）

み空ゆく雲も使と人は言へど　家苞やらむたづき知らずも
大伴家持（巻二十・四四一〇）

まそ鏡照るべき月を白妙の　雲か隠せる天つ霧かも
作者未詳（巻七・一〇七九）

参考文献

中西進著『万葉集　全訳注原文付』㈠～㈣（講談社文庫）
小島憲之・木下正俊・東野治之校注・訳『新編日本古典文学全集　萬葉集』①～④（小学館）
賀茂真淵著『賀茂真淵全集巻四』（吉川弘文館）より『万葉集遠江歌考』
植松黎著『毒草の誘惑』（講談社プラスアルファ文庫）
植松黎著『毒草を食べてみた』（文春新書）
山崎幹夫著『毒の話』（中公新書）
大木幸介著『毒物雑学事典　ヘビ毒から発ガン物質まで』（講談社ブルーバックス）

登場する和歌は、参考資料を基に適宜表記を改めました。

編集協力　遊子堂

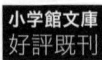

絵草紙屋万葉堂

初春の雪

篠綾子

さつきは、盗賊団「蛇の目」のことを瓦版（読売）に書こうとするが、同業者から「書くな」と脅される。その頃、親友およねが〝黒鳶式部〟の筆名で黄表紙作家としてデビュー。さつきとおよね、各々の恋の行方は？　シリーズ第二作。

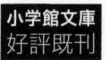

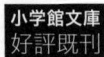

小学館文庫
好評既刊

絵草紙屋万葉堂

堅香子の花

篠綾子

一年ぶりに万葉堂に帰ってきた駒三は、自分が蛇の目の一味だったこと、平野屋から重大な書物を盗み出したことを話した。そして、ある書物に記された暗号を読み解くことで、田沼意知の刺殺や平野屋の秘密に繋がる陰謀を、さつきは明らかにした。さつきは、読売で己の信じる道を貫こうと決心する。シリーズ最終巻！

――本書のプロフィール――

本書は、小学館文庫のために書き下ろされた作品です。

小学館文庫

からころも
万葉集歌解き譚《まんようしゅううたとたん》

著者 篠綾子《しのあやこ》

二〇二〇年五月十三日　初版第一刷発行
二〇二〇年九月二十一日　第二刷発行

発行人　飯田昌宏
発行所　株式会社 小学館
〒一〇一-八〇〇一
東京都千代田区一ツ橋二-三-一
電話　編集〇三-三二三〇-五八一〇
　　　販売〇三-五二八一-三五五五
印刷所――中央精版印刷株式会社

ISBN978-4-09-406772-9